# 不運な女神

唯川 恵

文藝春秋

装丁　大久保明子
装画　牧野千穂

# 不運な女神

# 道連れの犬

もう四日、吾郎は帰らない。

会社にも出勤していないという。

明け方、小さな物音にもすぐ反応して、頼子は何度も目が覚めた。覚める、というのとは少し違っているかもしれない。自分では眠っているつもりはなく、想像や妄想の中で、意識だけが勝手に泳いでいるような感覚だ。

それでも、目を開けると眠っていなかったわけでもないということがわかる。窓に掛けられた黄色と黒の細かいチェックのカーテンや、壁ぎわに置いた24インチのテレビや、敷居のハンガーに吊された吾郎のダンガリーシャツが、驚くほど輪郭をはっきりさせて眼に飛び込んでくる。眠っていたと気づくと、今度はそんな自分に対して後ろめたいような情けないような気分になり、いっそう吾郎への腹立たしさが募《つの》ってくる。

あの女のところに行っているのはわかっていた。

駅前の居酒屋『いろり』に勤める仁美だ。

三年ほど前にこの町に住むようになってから、夕食を兼ねて吾郎とふたり、ちょくちょく利用している店だった。そこに仁美が現われてから二ヵ月ほどがたっていた。

仁美は特に美人というわけではなかったが、十九歳という若さを身体のあちこちから棘《とげ》のように突き出していて、男の客たちの視線を集めていた。

若さというのは無防備で傲慢なものだと、頼子はつくづく思う。ぴっちりしたパンツに包まれた形のいい尻や、居酒屋の上っ張りの袖口からのぞく二の腕の滑らかな白さを、無造作にさらけだしている仁美を見るたび、頼子は苛立たしいような狂おしいような気持ちになった。頼子が仁美の年の頃、自分がどんな強力な武器を持っているか知らなかった。そうして、知らないまま、なくしてしまった。今は、なくした、ということでしか持っていたことを確認することができなくなっている。

吾郎が時折、頼子の話にうわの空で仁美を目で追っていたり、注文を告げる時におもねるような笑みを投げ掛けるのを、頼子は見逃してはいなかった。

頼子は弁当工場に勤めている。大手のコンビニ直営ということで、二十四時間、工場の機械が止まることはない。勤務は三交代制で、だいたい週に日勤が三日、夜勤が二日、深夜勤が一日というのを、適宜にローテーションしながら出勤することになっている。体力的にはきつかったが、時給はいいし、時には、食べるには支障はないが売り物としてはちょっと、というような形の崩れた卵焼きや焦げた鮭などを持ち帰ることもできる。もう三年近くも続けていて、仕事仲間や工場長からもアテにされることが多くなっていた。ただ、どうしても夜を留守にすることが多く、その間に、吾郎がここで仁美と何らかの繋がりを持つことは容易に想像がついた。

吾郎はこの三年の間に何度か職を変わり、今は外装会社の営業をしている。主に住宅街を歩き、外壁に屋根、門扉など、手入れが必要そうな家に飛び込んで、注文を取るという仕事だ。吾郎にそんな仕事などできるのかと、初めの頃は不安だった。どちらかと言うと口下手で、押しの強さもなく、ましてや、例に漏れず不況のあおりで注文などそう取れるとは思えない。それでもすでに半年続いているし、それなりの生活費も出してくれている。意外と吾郎には合っていたのかもしれない。

とにかく、仁美だ。あの女のところにいるのは間違いない。

ダブルベッドの隣の空間は冷たい。マットにかかる頼子の体重の分、不在の吾郎の場所が盛り上がっているように感じる。大した広さもない2DKのアパートには不似合いな大きなダブルベッドだった。

「これにしようか」

ショッピングセンターの六階にある家具売場で、マットに腰を下ろし、スプリングの利き具合を確かめながら、あの時、吾郎が言った。値札を見て、頼子は一瞬躊躇した。かなりの値段がついていた。

「座ってみれば？　いい感じだから」

頼子は隣に腰を下ろした。

「そうね、気持ちよさそう」

尻で押して弾力を確かめた。

「うん、きっとすごく気持ちいいよ」

吾郎が唇の右端をわずかに上げ、頼子の身体の奥底にあるスイッチに触れるような目をした。

「いやね」

頼子は笑い、肘で柔らかく吾郎の脇をつついた。それだけで、つい今しがた、頭をかすめた通帳に並ぶ数字のことなど忘れていた。

少し離れた場所から店員が探るような視線を向けている。男と女の睦《むつ》ごとは、秘密めいているようで、傍観者の存在を常に意識している。人前で眉を顰《ひそ》められるまでいちゃつけるというのは、何て気持ちのいいことなのだろう。

頼子は手を伸ばし、主《あるじ》不在のシーツの上を滑らせた。それはいくらかの湿り気を帯びていて、手のひらに孤独な冷たさをもたらした。

どうしても吾郎を失うわけにはいかない。あんな女に吾郎を渡すわけにはいかない。

翌日、仕事を終えて『いろり』に顔を出した。

七時を五分ほど過ぎたところで、店は半分ほどが埋まっていた。

「いらっしゃい」

カウンターの向こうから、もうすっかり馴染みとなった主人がいつもの声で出迎えてくれた。

頼子は「こんばんは」と答え、カウンター席に腰を下ろした。

奥のテーブル席に仁美が立ち、客から注文を受けているのが見える。中年のサラリーマンのふたり連れで、仁美をからかっているらしく、きゃっきゃっと笑い声が聞こえる。

「ダンナさんは後から?」

「いいえ、今日はひとり」

「おや、珍しい」

「生ビールください」

「仁美ちゃん、カウンターに生ね」

「はあい」

しばらくしてビールとお通しの小鉢を持って、仁美が頼子の右側に立った。

「ご注文、何になさいますか」

頼子はわずかに顔を上げ、仁美を見た。目が合ってもいけしゃあしゃあとした顔つきで、動揺ひとつ見せない。

「鰯《いわし》の塩焼きに揚げ出し豆腐をもらおうかな」

仁美が伝票にそれらを書き込み、カウンターの主人に注文の料理を告げた。

それから「後で会えない？」と、素早く言った。

「え？」

仁美が視線を伝票から頼子へ滑らせた。

「あなたと少し話がしたいの。ここ、何時に終わるの？」

仁美の目にようやく戸惑いと、わずかな狼狽が滲《にじ》み、頼子は却《かえ》って落ち着いた。

「何時でも私の方は構わないから」

「十時半に上がりなんだけど」

小声で、早口に、仁美は答えた。

「じゃあ、その時間にすぐ先のデニーズで待ってるわ。いい？」

「ええ」

仁美はわずかに頷き、次の注文を受けに離れて行った。


約束の十時半を十分ほど過ぎて、デニーズのガラス戸が押され、仁美が現われた。

上っ張りを脱いだ仁美は、居酒屋で見るよりもっと若く、いや幼くさえ見えた。仁美は頼子を確認すると、まるで落胆したかのようにわずかに眉を顰め、近づいて来た。にせものとすぐにわかる毛皮のコートを羽織っている。今時の若い女の子の格好だ。十九歳。去年の今頃は高校生だったのだろう。そんな子供を相手に、今から自分が切り出さねばならない話題を考えるとうんざりした。


「あんまり、時間ないんだけど」

言いながら、仁美は前の椅子に腰を下ろした。

「すぐ済むわ」

ウェイトレスがメニューを持ってきた。

「カプチーノ」

仁美は短く言った。ウェイトレスが去ってから、頼子は喉の奥から湧き上がる不快感を飲み下しながら、穏やかな口調で尋ねた。

「話って言うのは、うちの人のことなの。今、あなたのところにいるのよね」

仁美が目を丸くした。

「それは付き合ってるってことじゃないの」

「三回かな」

「あなたの家にも行ったことあるんでしょう」

「閑《ひま》な時に会う相手。あら、ごめんなさい」

「何なのそれ」

「でも、つき合ってるってわけでもないのよねぇ」

仁美はカップを手にし、唇をすぼめて息を吹き掛けた。

あっさり言われて、今さらながら落胆している自分が情けなくなった。やがてカプチーノが運ばれて来た。

「やだ、知ってたんだ」

「でも、あなたたち、付き合ってるんでしょう」

「いないわよ、いるわけないじゃん」

「とにかく、聞きたいのはあなたのところにいるのかってこと」

「じゃあ、どういうの？」

頼子は自分の前にあるもうすっかり冷めたコーヒーを口に運んだ。

「別にそういうわけじゃないわ」

ちゃん付けで呼ばれたことに、舌の根元に苦いものが広がってゆく。

「吾郎ちゃん、いないの？」

「だからうちの人よ」

「え、何のこと？」

「違うわ、私はちゃんと彼氏がいるもの。彼氏が忙しくて、遊ぶ友達がいない時、吾郎ちゃんに電話するの。吾郎ちゃん優しいから、すぐ来てくれるのよね」

つまり、時間つぶしの相手というわけか。こんな小娘に、自分の男がその程度の扱いしか受けていないということに、屈辱的な気分になった。

「つまり、関係はないと……？」

「だから三回だって」

この子はどうしてこうもあっけらかんと答えるのだろう。正直なのか、頭が悪いのか、それともこれが若さというものなのか。

「本当にいないのかしら。いいのよ、隠さなくたって」

「隠してなんかないわ、いないものはいないの。何ならうちに確かめに来る？　いいわよ、そうしてくれても」

仁美の言葉に嘘はなさそうに思えた。と言うより、この子にとって、吾郎は本当にその程度の相手なのだろう。恋とか愛とか、ましてや遊びにも入らない。言葉通り、閑つぶしの相手でしかない。この子に吾郎が必要のわけがない。

「ねえ、ちょっと聞いてもいい？」

「え？」

仁美に言われ、頼子は顔を上げた。

「あなたたちって、正式な夫婦じゃないんですってね」

仁美が好奇心に満ちた目を向けている。今さら、自分の見当違いを後悔してももう遅い。

「吾郎ちゃん、ふたりで田舎から駆落ちしてきたなんて言ってたけど、本当？」

「馬鹿馬鹿しい、嘘よ」

「そうかなぁ。お互いに奥さんとダンナさんを捨てて愛の逃避行なんて言ってた」

まともに相手になる気はなかった。

「悪かったわね、呼び出したりして。私の言ったこと、忘れて」

「ねえ、どういう感じなの、駆落ちって。捜索願いとか出されたりしないの？」

「じゃあ、私はこれで」

頼子は話を打ち切り、伝票を手にした。

「いいじゃない、教えてくれたって。ケチね」

と、不満そうに呟いてから、仁美が上目遣いに頼子を見た。

「せっかくいいこと教えてあげようと思ったのに」

頼子は腰を浮かせたまま姿勢を止めた。

「なに？」

仁美の上目遣いとぶつかった。

「あのさ、悪いんだけど五千円ほどお小遣い、いい？」

この子ぐらいの年代は要求がストレートだ。その上、すぐに付け上がる。頼子は財布を取り出し、千円札を三枚置いた。

「これでいいでしょ。それで、いいことって何？」

ちゃっかりと仁美は札を手にし、バッグの中に押し込んだ。

「あのね、駅裏のすずらん通りに『アルル』ってスナックがあるんだけど、知ってる？」

「知らないわ」

「そこの祐子って人と一緒に、何回かうちの店に来たことあるわよ」

目が嗤《わら》っていた。

吾郎とは、頼子のパート先だった電器部品工場で知り合った。今から三年以上も前のことだ。二歳年下だがとてもそうは見えない。背が低く、ずんぐりしていて、おまけに後頭部の地肌が透けて見えるほど髪が薄かった。大きな鼻に向かって目や眉や口というパーツが少しずつ寄っていて、どことなく間の抜けた印象を与えた。笑うと愛嬌のある顔になるのが救いだが、どうひいき目に見てもいい男とは言えなかった。けれども、吾郎はパートの主婦たちの間では評判がよかった。

吾郎は確かに見栄えも悪く、喋りも下手だが、ある種の女たち、たぶん自分をいいくるめる術《すべ》をすっかり身につけてしまった女たちの、皮膚の内側を指先でそろりと撫で上げるような甘やかさを持っていた。

パートの主婦たちの多くは疲れていた。日々とか生活とか日常とか、それらは陰湿な毒のように、女たちの柔らかな部分を麻痺させていた。

頼子も同じだった。結婚して五年、毎日は錆を吹いてぎしぎし音をたてていた。息苦しさに時々無意識に咳払いをした。夫はすでに頼子に興味を失っていたが、頼子も同じだった。

何もかもにうんざりしていた。気分を変えようと手のこんだ料理を作ってみても、いつも使っている皿に盛り付けると食べる気がしなくなった。どころか吐き気さえ覚えた。

会社近くの定食屋で、吾郎と偶然に顔を合わせた時から関係が始まった。今思えば、頼子の方が積極的だった。声を掛けたのも、ホテルに誘ったのも頼子の方だ。

「私を連れ出して」

と、国道沿いのモーテルのベッドの中で呟いた時は、本気でそう思っていたわけではない。

「それが望みなら」

ただ、吾郎が隷属するかのように答えるのを聞いて、自分にも選びさえすればそんな生き方ができるのだ、ということを初めて知った。その時、身体を揺り動かされたような気がした。

吾郎には妻がいた。いや、正式には妻ではない。後で知ったことだが、籍は入っていなかった。だから、仁美の言ったことは、正確ではない。互いに妻と夫を捨ててきたわけではなく、捨てたのは、頼子だけだ。


翌日、『アルル』のカウンターで、頼子は祐子と向き合った。

まだ六時を過ぎたところで客はない。目の前のグラスにはビールが注がれているが、口をつけないままに泡は消え、頼りなげな気泡がグラスの中を昇ってゆく。

「そう、吾郎ちゃん、いなくなったの」

質問を恥じ入るなんて気持ちはもう消えていた。それほど切羽詰まった思いにかられていた。

たぶん四十に近いであろう祐子は、細い煙草を指に挟んで、煙を長く吐き出した。

頬のシミを隠すために塗ったコンシーラが、ファンデーションの上からでも見て取れる。けれども隠したいのは、たぶん、別のものだ。

「あいにくだけど、うちにはいないわ」

もちろん、それだけで納得できるわけがない。

「吾郎はよくここに？」

「そうでもないわ、月に二、三度かな」

祐子は背面の棚からグラスを取り出し、磨き始めた。

「駅前の居酒屋で一緒のところを見たって聞いたけれど」

「ああ、そんなこともあったかもしれないわね。こんな商売だもの、時にはそういうお付き合いもするわ」

「本当にそれだけ？」

「他に何があるって言うの？」

祐子はいくらか芝居めいた態度で、呆れたように笑った。口を割るはずがなかった。合織のブラウスや、先の剝がれたマニキュアや、染めがムラになった髪の毛に、頑強な意志のようなものが隠れている。

「知ってるかもしれないけれど、私、吾郎と駆落ちしたの」

祐子の頰にわずかに戸惑いが横切った。

「そうなの」

「吾郎から聞いてるんでしょう？」

「いいえ」

嘘とわかるが、もうそんなことはどうでもいい。

「でも、別にめずらしい話じゃないんじゃない？」

「私も、こんなに簡単にできるものだとは、実際にしてみるまで思ってもなかったわ。家を飛び出して、離婚届を前の夫に送って、それでおしまい」

カウンターに磨き上げられたグラスが並べられてゆく。

「吾郎ちゃんとは、正式に結婚してるの？」

「いいえ」

「どうして？」

「吾郎が前の奥さんと、まだ離婚が成立してないの。前の奥さんというのは、私が駆落ちした時に暮らしていた人じゃなくて、その前か、もしかしたらもうひとりかふたり前かもしれない。とにかく、そうだから結婚はまだ」

ほとんど自虐的に口にしていた。

「そう」

しかし、その話を聞いた祐子は頼子を自分のカテゴリーに含まれる女と判断したようだった。いくらか口調が柔らかくなった。

「前のご主人、暴力をふるうとかアル中とかギャンブル狂いとか、そういうのだったの？」

「いいえ、ぜんぜん。ついでに言えば女の方もまったく」

「じゃあ、何が不満で駆落ちなんか」

「何て言えばいいのかしら」

頼子はふさわしい理由を口にしようとしたが、探しあぐねた。あの時の自分を埋め尽くしていた重苦しく息苦しく恐怖にも似たもののことを何と言えばいいのだろう。

「平凡な主婦に退屈したってこと？」

「それもあるけれど」

「他にもあるわけね。そりゃ、そうでしょうね。退屈してない主婦を探す方が大変だわ」

夫とは二十五歳で結婚した。初めての男だった。夫からの熱烈なプロポーズもあり、付き合い始めてすぐに結婚を決めた。

急いだのは、実家の母親と小さい時からうまくいかなかったせいもある。物の言い方や、ちょっとした目付きや、爪の形が、祖母とそっくりだと、母は頼子を見てよく眉を顰めた。その祖母が頼子は好きだった。それがいっそう、母は気に食わなかったのだろう。

「あんたを見てるといやなことばっかり思い出すわ」

祖母は頼子が中学一年生の時に死んだが、その後も、母はよくそう言って頼子から顔をそむけたものだ。

結婚した当初は本当に楽しかった。母から解放され、専業主婦に納まる夢も叶い、毎日を自由に過ごした。こんな日が永遠に続くと思うほど子供ではなかったが、十年もたたないうちにここまで変わり果てるとも想像していなかった。町ですれ違う多くの主婦と同じような人生を、自分も当たり前のように辿ってゆくものとばかり考えていた。

きっかけはわかっている。四年目に初めて授かった子を流産したことだ。夫は頼子を不注意だと詰《なじ》り、頼子はその夜行き先も告げず外泊した夫を責めた。

「私ね、整形手術したの」

祐子が驚いて、頼子の顔を見直した。

「どこ」

「目よ」

「へえ、それ、整形なの」

いくらか前のめりになり、頼子の顔を覗き込んだ。

「前を知らないから、わかんないけど」

「奥二重だったのを大きめの二重にしたの。ぼんやりした目がずっと気に入らなかったの。夫が五日間出張に行っている間にね」

祐子のグラスを持つ手が止まっている。

「怒られるのはわかってたけど、そんなことどうでもよかった。だって、本当に気に入らなかったんだもの。鏡を見るたび、気持ちがどんどん塞《ふさ》いでゆくの」

「それでご主人の反応はどうだった？」

頼子は短く息継ぎをした。

「夫は気がつかなかったわ」

祐子が一瞬、言葉を失った。

「その時にはもう、夫は私の顔さえまともに見なくなってたの」

ため息に似た返事があった。

「参るわね」

「それから、家で夫のために食事を作るのも洗濯するのもいやになって、パートに出たの。それで吾郎と知り合って」

「駆落ちってわけ」

「そういうこと」

「ある意味、王道よね、主婦の反乱の」

その時、カウンターの電話が鳴り始めた。ちょっとごめんなさい、と断って、祐子が受話器を手にした。

「あら、どうしたの？　それはね白いタンスの右の引き出しに入ってるから。懇談会のプリント？　ううん見てないわよ。じゃあテーブルの上に置いといて、帰ったら見るから。おばあちゃんは？　ああ買物ね。九時にはちゃんと寝るのよ。わかった？」

電話を切って、祐子は少し照れたような表情で顔を向けた。

「娘よ」

「みたいね、いくつ？」

「九歳。亭主はいないわ。その代わりと言っては何だけど義母がいるの。だから、うちに吾郎ちゃんが転がり込むスペースなんてないの」

「そのようね」

自分にも、もし子供が生まれていれば状況は変わっていたかもしれない。いいや、たとえば老いた母でも、やっかいな借金でも、もしかしたら夫に対する激しい憎しみでも、そういう何かがあれば自分自身を引き止められたようにも思える。何もなかった。気がついたら、何もかもがなくなっていた。

「ねえ、さっきの話だけど」

「何？」

「吾郎ちゃんなら、駆落ちしてもいいかなって、何となく私も思うわ」

「そう」

「吾郎ちゃんって、不思議なところがあるものね。見栄えもよくないし、喋りも下手だけど、あらごめんなさい、ひとのダンナ様つかまえて」

「いいのよ」

「何か惹かれるところがあるのよね。何て言うのかしら、この人と一緒ならどこにでも行けるような気になるの。頼れるわけでも、どころか、もしかしたらお荷物になるかもしれないような男なのに、どういうわけか安心できるの。たぶん道連れにはぴったりの相手なんだわ」

頼子は不意に、小さい頃に飼っていた犬のことを思い出した。

柴犬よりも大きく秋田犬よりも小さい雑種で、名前をニキと言った。ニッキに似た匂いがしたからだ。

ニキは迷い込んできた犬だった。母は追い出すべきだと主張したが、飼って飼ってとせがむ頼子の肩を祖母が持ち、結局「私はいっさい面倒をみませんから」ということでしぶしぶ承諾した。犬小屋は父が作ってくれた。弟も手を出したがったが、どういうわけかなつかず、そばに来ると低い声で威嚇した。ニキは頼子だけの犬だった。

頼子は学校から帰ると、家にいるのがいやで、よくニキと出掛けた。散歩というより、冒険だった。ひとりでは決して行けないような知らない場所でも、ニキと一緒なら平気だった。夜が始まる前の、心細いようなぼんやりした気配の中を、ぽくぽくといつまでもニキと歩いた。ニキと一緒なら恐怖など少しも感じなかった。

吾郎はニキに似ている。道連れの犬に似ている。

吾郎と会わなければ、もしかしたらあの暮らしを捨てることはなかったかもしれない。多くの主婦たちと同じように、すべてを不満や愚痴の中に紛れこませて、夫に内緒で買物をしたり、ささやかな浮気で鬱憤を晴らしたりしたようにも思う。

けれども、吾郎と出会ってしまった。道連れになる男を見つけてしまった。

「長居しちゃって」

頼子は短く息を吐いた。

「行くの？」

「ええ。ごめんなさい、つまんないこと聞いたりして」

頼子がバッグの財布に手を伸ばすと、祐子がそれを制した。

「いいの」

哀しい目をしていた。

「でも、悪いわ」

「気にしないで」

「じゃあお言葉に甘えて」

「吾郎ちゃん、見つかるといいわね」

見つからない、と言われたような気がした。

それから五日ほどして、日課になった吾郎の会社への欠勤の連絡をすると、電話の相手がいくらか緊張した声で、「私、総務の向井と言います」と名乗った。

「ああ、どうも、ご迷惑をおかけしまして」

「あの、ご主人のことですが、このままでは解雇ということになってしまいます」

「そうですか……」

確かに、休んでからもう十日以上過ぎている。

「ご主人はまだ勤めて一年未満なので、有給休暇が二日しかないんです。ですから、後はどうしても欠勤扱いになってしまいます。あの、こんなにお休みが続くなんて、どうかなさったんですか。家庭の事情なんておっしゃってますがどこか身体でも悪くされたんですか」

「ええ、まあ」

どう答えていいかわからない。

「相当お悪いんですか？」

「いえ、そんなことは」

「そうですか。ではとりあえず診断書を提出していただけませんか。それがあれば、あと一週間や十日ぐらいは何とかなります。上の者には私からうまく言っておきますから、用意できませんか」

その言葉には、会社の人間というだけではないニュアンスが含まれていた。

「どうして？」

頼子は言った。

「どうして、あなたがそこまでしてくださるんですか」

電話の向こうで、向井と名乗った女が言葉を詰まらせた。

「いえ、私は別に……」

「お会いできませんか」

思わず言っていた。しばらく返事はなかった。もしかしたら切れてしまったのではないかと思い始めた頃、ようやく「はい」と消え入りそうな声が返ってきた。

喫茶店で顔を合わせた時、電話の声から想像していた様子とあまりに同じだったので、頼子は何だか感心してしまった。

「向井八重と言います」

頼子と目を合わせないまま、八重は頭を下げた。

まだ三十そこそこだと思うが、孤独がすでに身体に染みついていて、十年後も二十年後も今と変わらぬ様子がたやすく思い浮かんだ。そんな八重の左手の薬指に、指輪がはめられているのはひどく不自然に思え、同時に、どんな結婚生活を送っているかも想像がついた。

「もう、わかってらっしゃると思いますけど、吾郎は病気ではありません」

「はい」

うなだれたまま八重が頷く。

「不意に家を出て行ったきり、何の連絡もありません。どこに行ったのかも、私にはわからないんです」

「そうですか」

緊張した面持ちで八重が首を振る。

「恥ずかしいのですが、私の方があなたにお聞きしたいくらいです。何か心当たりはありませんか？」

「どうして私が」

「失礼とは思いますけど、昨日の電話で、吾郎とはもしかしたら特別なお付き合いがあるのではないかと感じました」

「まさか、そんなこと」

「本当に？」

「もちろんです」

探るように八重を見たが、彼女は首を振るばかりだ。ただの関係でないことは感じられたが、何かを知っているというわけでもなさそうだった。

「そうですか」

「お役に立てなくてすみません」

八重のせいではないのに、まるで罪を負っているかのように彼女は身を小さくして謝った。

「そんな、あなたが謝らなくても。こちらこそごめんなさい、責めるような言い方をしてしまって」

いったい吾郎はどこに行ってしまったのだろう。誰と一緒にいるのだろう。

「あの、それで、どうしますか」

ためらいがちに八重が尋ねた。

「え？」

「このままでは本当に解雇になってしまいます」

「そうね」

頼子は窓の外に目をやった。街路樹の葉はすっかり落ちて、尖った枝先が冬の日差しを受けて白く光っている。

「もうしばらくは私が何とかします。何があったかは知りませんが、そろそろ帰っていらっしゃるんじゃないですか」

「いいえ、吾郎はもう帰らないと思います」

口にして、頼子は本当は自分がもうずっと前からそれを知っていたことに気がついた。

「そんな」

「色々と気遣ってくださってありがとうございます。でも、もう、いいんです。解雇になっても仕方ないと思ってます」

春は近いと言ってもまだ日は短く、午後の日差しは緩やかに夜の準備を始めている。

「あの」

八重の声がわずかに上擦《うわず》った。

「はい」

「こんなこと、お尋ねしていいものか」

「何でしょう」

「あなたは、本当に吾郎さんと逃げてきたんですか？」

頼子は思わず苦笑した。吾郎は、自分が関わった女たちすべてに頼子のことを話しているらしい。そう言えば、頼子も出会った頃、吾郎と一緒に暮らしていた女の話を聞いたことがある。暴力亭主からふたりで逃げてきたと言っていた。

「ええ」

「ご主人を捨てて」

頼子は返事の代わりに、コーヒーカップを手にした。

「後悔してませんか」

「いいえ」

「本当に？」

「もちろん」

それは嘘ではなかった。後悔したことなど一度もない。あの時、もし吾郎と出会わなかったとしても、私はきっと、死ぬまで吾郎を待ち続けただろう。

八重が不意に泣き始めた。

「私も、吾郎さんと行けばよかった」

ああ、と思った。やっぱり八重も道連れを探していたのだ。

「優しくしてくれたのは、吾郎さんだけでした。夫にも息子にも、私はもう必要ないんです。あの家には姑がいればいいんです。どこにも居場所がなくて、私という人間がそこにいるということが、時々、何かの手違いではないかという気がするんです。もしかしたら最後のチャンスだったのかもしれないのに。もう二度と、吾郎さんのような人と出会うことはないかもしれないのに」

頼子は八重の震える肩を見つめていた。

再び、八重から電話があったのは、それから十日ほど過ぎてからだった。

午前六時に深夜勤から戻って、風呂に入り、ようやくうとうとし始めた頃、コールが始まった。

「居場所がわかりました」

受話器を上げたとたん、その声が耳に飛び込んできて、眠気が吹き飛んだ。会社から掛けているらしく、八重の潜《ひそ》めた声の向こうに、活気あるざわめきが広がっている。

「さっき、吾郎さんから電話があったんです」

はやる気持ちを抑えながら、頼子は尋ねた。

「何て？」

「退職の手続きを取って欲しいということでした」

「馬鹿ね、今さら」

「ええ、もう解雇になってるんですけど、そのことは言わないで、私、ハンコの必要な事務的な手続きがあるから居場所を教えて欲しいって言ったんです。最初は言い渋ってたんですけど、未払い分のお給料もあるからと言ったら、いつまでいるかはわからないけれどって、教えてくれました」

「どこ？」

「小田原です」

「詳しい住所を言って。今、書くから」

頼子は広告の紙を引っ繰り返し、ペンを探した。机の上にも、テレビの上にも見つからず、苛々した。

「行くんですか」

「ええ」

自分のトートバッグの中から取り出した。

「私も一緒に行ってはいけませんか」

頼子の手が止まった。そんなことを言い出す八重の真意が測りかねた。

「どうして」

「見てみたいんです。どんな人と一緒なのか」

八重ももうわかっているのだ、吾郎がひとりでないことは。

翌日、昼前に品川駅で待ち合わせて、小田原に向かう電車に乗った。

電車はすいていて、モケット張りの席に腰を下ろしながら、ふたりは窓の向こうに連なる屋根を眺めた。東京を離れるにつれ、空気が緊張を解いてゆくように感じた。

ほとんど話はしなかった。この電車が着く先で、自分たちが目にするであろうもののことを考えると、ひどく間違ったことをしているような気になった。会いになど行かず、このまま帰った方がよいのではないか。その迷いはたぶん、隣に座る八重も、胸の中で繰り返しているだろう。

吾郎を失いたくない思いは、頼子の中に欲求として強くある。三年、暮らした。それまでのどの三年よりも、いや生きてきたすべての時間よりも、自分の存在を実感した日々だった。

あの広いベッドで、これからも冷たいシーツの上を吾郎の温かさを求めて無意識に手探りし続ける毎日を想像すると、身体が絞り上げられるような孤独感に包まれた。

もし、このまま吾郎を失うようなことがあれば、自分は生きてゆけるだろうか。

小田原の駅に降り、駅前の交番で場所を確かめた。そこはウィークリーマンションだと、人の良さそうな巡査が教えてくれた。

歩いて十分足らずの場所に、その建物はあった。かつては温泉ホテルだったのだろう。玄関を覗くと、帳場のようなクロークがあり、老人が新聞を読んでいた。

「とにかく聞いてみましょう」

ふたりは玄関をくぐり、老人に声を掛けた。老人は椅子から立って「いらっしゃいませ」と愛想よく頭を下げた。

「すみません、私たち客じゃないんです。ちょっとお伺いしたいことがあって」

頼子が言うと、老人はいくらか表情を緊張させた。

「何ですか」

「人を探してます。名前は石田吾郎と言います。こちらにいると連絡をもらったんですが」

「ああ、石田さんね、いらっしゃいますよ」

宿帳を見ることもなく、あっさりと老人は答えた。

「えっと、３０９号室かな。そこの電話で番号を押せば、部屋に繋がりますけど。でも、確かさっき出掛けられたな」

「そうなんですか」

頼子は八重を振り向いた。

「どうする？」

「待ちます」

迷うことなく八重は答えた。

「そうね、じゃあここに来る途中に喫茶店があったから、そこでしばらく時間をつぶしましょうか」

「はい」

「また、後から来ます」

と、老人に言ってから、頼子は尋ねた。

「ひとりじゃないですよね」

「え？」

「石田さん、ひとりでお泊まりじゃないですよね」

「ええ、奥さんとご一緒ですよ」

道路に面した喫茶店の席に、頼子と八重は向かい合って腰を下ろしていた。日差しはいくらかあるが、まだ浅い春の乾燥した空気が身体を芯から冷たくしていた。ふたりとも暖を取るかのように、コーヒーカップを両手で包み込んだ。

「やっぱり、誰かと一緒でしたね」

八重が呟き、「そうね」と頼子が頷く。

「それはわかっていたことなのに、何て言うか、私、がっかりしてます」

「私もそうよ」

「どうして私じゃなかったんだろうって」

「わかるわ」

「行けばよかった、何もかも捨てて」

「それはたぶん」頼子は慎重に言葉を選んだ。

「あなたを引き止めるものがあったからよ」

「私を引き止めるもの……それは何なのかしら。夫や息子でなかったことは確かです。もしかしたら、仕事なのかもしれない。就職して十年くらいたつものですから、会社でそれなりの立場をもらってます」

「そうね、吾郎の解雇もあなたの力で引き延ばせるくらいだもの」

「辞めたいと思った時も何度かあったんです。特に、息子が生まれた時は自分の手で育てたくて、夫と姑に言ったんです。でないと、息子を姑に取り上げられてしまいそうな気がして。でも、許してもらえませんでした。一家に主婦はひとりでいいって、ふたりは無駄だって。夫は姑の言いなりで。結局、思った通り息子を取り上げられてしまいました」

妻にも夫にも、姑にも、たぶん幼い息子にも、それぞれの思惑と言い分があるのだろう。それが重なり合う部分を掬《すく》い取りながら生活は流れてゆく。番狂わせや理不尽を嘆くよりも、実は受け入れる方がずっと楽に生きられることを、どうして自分は学べなかったのだろう。

「あっ」

八重が小さく叫び声を上げた。その視線を辿り、頼子も息を呑んだ。

道路の反対側を吾郎が歩いてくる。隣には小柄な女性が寄り添っていた。

「あの人、私、知ってます」

八重の声が緊張した。

「お客さまです。吾郎さんが注文を取ってきたんです。うちには展示場があって、門扉とか外壁材の見本が並んでいるんですけど、あの人、ご主人と一緒に見学に来ました」

「よく覚えてるのね」

「ええ、ご主人がひどく横柄な人で、お茶を持って行った女の子が泣いて帰ってきたんです。客にこんな安物の茶を飲ますのか、と怒鳴られたそうで。その後も、値段が高いとか応対が悪いとか、言いたい放題でした」

「その時、奥さんはどうしてたの？」

「何も言わず、ただじっと俯いているだけでした」

「そう」

「でも、あの時の奥さんとは別人のよう。あんなに笑って」

女性の指が、吾郎のブルゾンの袖をしっかりと握っているのが目についた。決して離さない、その決心が見えるようだった。

ニキが突然いなくなったのは、頼子が小学四年生に進級してすぐの頃だ。朝、エサを持って行くとすでに姿はなかった。夜の間に綱を切って出て行ったらしい。慌ててそこら中探したが見つからなかった。近所を聞きに回っても首を横に振られるばかりだった。母には「死んだのよ」と言われた。

「犬は、死ぬ時は姿を消すものなの。ニキもそうなのよ。迷い犬だから正確な年はわからないけど、もう相当いってたのは確か。諦めなさい、もう戻ってこないんだから」

そう言われても、頼子はどうしても納得できず、庭の犬小屋の前で蹲《うずくま》った。

「ニキは安心したんだよ」

顔を上げると、祖母が立っていた。よいしょと隣に腰を下ろし、頼子の頭に手を置いた。

「もうニキがいなくても、頼子はちゃんとひとりでどこにでも行けるようになったからね。自分がいなくても大丈夫、もう役目は済んだんだって、そう思ったからニキは出て行ったんだよ」

泣きそうになった。

「お母さんは死んだって」

「死んじゃいないさ。前の頼子のように、ひとりではどこにも行けない女の子のところに行っただけさ。そうして、今度はその子と一緒に歩いてあげるんだよ、ひとりで出掛けられるようになるまで」

「もう帰ってこないの？」

「たぶんね。でもね、頼子がそれを悲しんだらいけないよ。頼子がニキにしてもらったことを、次の頼子のような女の子がしてもらうんだから」

ちぎれた綱の端を握り締めながら、それでも頼子はしばらく泣き続けた。

「追い掛けますか」

八重が言った。

「いいえ、いいの」

「でも」

「これでいいのよ」

八重は浮かせた腰を、再び椅子に沈めた。

「そうですね、これでいいんですね」

八重の声には落ち着きが戻っている。

「何だか私、納得しました。あの人ならいいって」

「私もよ」

「だって、あんなに幸せそう」

「ええ、そうね」

答えてから、頼子は吾郎に向かって呟いた。

「もう、ちゃんとひとりで歩けるから」

だから、私は大丈夫。

「え？」

「ううん、何でもないの」

頼子は首を振り、それから再び窓の外に目を向けて、逆光を白く浴びながら小さくなってゆく吾郎と女性の後ろ姿を見送った。

# 不運な女神

たとえば、すいてるレジに並んだつもりが前の客がやけに手間取ったり、急いでいる時に限って横断歩道で赤信号に引っ掛かったり、袋から出したばかりのストッキングが伝線したり、そんなちまちました不運が自分の身には備わっていると、祐子は思う。

不運話は結構な酒の肴《さかな》となる。世間話が途切れた合間に、つい愚痴ともつかぬことを口にすると、案の定、客はカウンターの向こうで笑い声を上げた。

「その上、付き合う男はろくでなしばかりだったり、か」

「そうよ。一杯もらうわね」

寝てもいない男にそんなことを言われる筋合いはない、と思いながら、祐子はボトルを手にした。

「いいことの数は決まっていて、誰かが余計に手にすれば、誰かがあぶれる。世の中、そんなふうにできてるのさ」

客は薄い水割りをちびちび飲んでいる。お通しの落花生以外つまみも頼まず、月に二、三度顔を出す程度で、とても上客とは言えないが、このご時勢、どんな客でも邪険に扱うわけにはいかない。

祐子は自分のために濃い目の水割りを作った。いくらか恨めしそうな客の目には気づかない振りをした。

「そうは言うけど、何で私ってこうなんだろうって嘆きたくもなるわ。じゃ、いただきます」

グラスを客のそれに軽く当て、口に運んだ。

そう言えば、この間店を訪ねてきたあの女はどうなっただろう、とふと考えた。一緒に逃げてきた男に逃げられた女だ。あの女も祐子と同じく不運が身についているひとりに違いない。

「でも、俺が思うに、この世の中でいちばん憂き目に遭っているのはサラリーマンだな。それも、家のローンと育ち盛りの子供をふたりくらい抱えてるサラリーマン。もう最悪だね」

祐子は改めて客の顔を見た。年は四十そこそこ。以前、中学生と小学生の男の子がいると聞いたことがある。若い頃はもしかしたら女の子に泣かれたくらいの艶聞はあったかもしれないと、想像できないことはないくらいの面影が、頰や目元にわずかに残っている。

「あら、サラリーマンは何だかんだ言っても毎月決まったお給料が貰えるじゃない。うちなんか、客が来なけりゃ一円たりとも入らないのよ。そりゃあリストラとか大変なのもわかるけど、辞めるにしても、退職金とか失業保険とかあるわけだし」

「そんなもの、微々たるもんさ」

客は落花生の殻を指先で潰して、実を口の中に放り込んだ。

「俺、二十年勤めてようやくわかったんだけど、サラリーマンというのは、結局、会社に都合よく去勢されてしまうんだよ。若い時ならまだしも、この年になって放《ほ》っぽり出されたらどう生きてゆけばいいのかわからない。そんな半端ものを次から次へとこしらえていく場なんだ」

話す客の顔を見て、ああ、と思った。やっぱり自分には不運が備わっている。

「もしかして、そうなの？」

いくらかためらいがちに尋ねると、客は唇の両端に力を込めて、やけに無垢な笑みを作った。

「うん、先週、辞めた」

辞めさせられた、と言わないところが、もしかしたら役に立ったためしがない男の自尊心というものなのかもしれない。

「そう」

上客ではないにしても、またひとり、これで客は減る。ツケはいくらたまっていただろう。二万はないはずだと思うが、払って帰れ、とは薄い水割りをちびちび啜《すす》る客にはとても言えなかった。そんな自分の気の小ささが、たぶん、ますます不運を呼び込んでいるのだろう。

その夜はふたり連れの客がひと組と、ひとり客がふたり来たが、長居することはなく、十時を過ぎた頃にはみな帰って行った。

最後の客を見送りに外に出た時、湿り気を帯びた風に喉元を衝かれたような気がして、思わず夜空を見上げた。あわあわとした墨色の空に、曖昧な輪郭の月が浮かんでいた。気配はいつも夜に深まる。土の中で息を潜めていたすべての生き物が、もぞもぞと動き始める季節がまたやってきた。

二年前のちょうど今頃、祐子は夫をなくした。四十になったばかりというのに、脳出血で倒れて十日で亡くなるという、あまりに呆気ない死に方だった。まだ結婚して一年しかたっていなかった。

三十代半ばにして未亡人となった祐子を、周りの人間は気の毒がったし、祐子自身も自分の憂き目に肩を落としたが、それは悲しいというより文句を言いたい気分だったからだ。

約束が違うじゃないの。

これから楽させてやる。のんびり暮らせばいいじゃないか。俺が面倒みてやるからさ。奥さんっていうのも悪くないだろ。

あの約束はどうなったのだ。勝手に先に死んでしまって。それも、余計な荷物だけ遺して。

夫は嫌がったが、店を続けていてよかったとつくづく思う。専業主婦なんぞに納まって、夫が死んだからと慌てて働きに出ても、水商売しかしたことのない祐子には、地味な事務や裏方の仕事など辛気臭くてやってられない。不景気で、食うのがやっとの商売でも、続けていたからこそ常連もついてくれている。もともとこの仕事が自分にはいちばん似合っているのだ。

一時間ほど待っても客が来ることはなく、今夜はもう仕舞おうかと外の看板を片付けに出ると、通りから声があった。

「あれ、もうおしまいかい？」

顔を上げると酒井が立っていた。

「あら、いらっしゃい。まだよ、どうぞ入って」

酒井はそろそろ六十に手がとどこうという印刷屋の経営者だ。店からさほど遠くない場所に従業員五人ばかりを使った工場を持っている。その他にも、駐車場をひとつと、小さいながらも貸しビルがあると聞いている。不動産持ちはやっぱり強い。不景気にもかかわらず、週に一度は顔を出してくれ、月に一度はボトルを入れてくれ、おつまみも注文してくれ、時には知り合いを連れてきてもくれる。店にとっては上客だ。

「いいのかい？」

「もちろんよ。十時を過ぎてから、どういうわけかぱったりお客さんが来なくなったの。閉めようかと思ってたんだけど、酒井さんなら大歓迎」

先に店に入ろうとした祐子に、酒井が呼び掛けた。

「だったら店は閉めて、どこかで飯でも食わないか」

祐子は振り返った。酒井から誘いを受けるのは初めてだ。少し猫背気味の酒井のシルエットが、通りを行き過ぎる車のヘッドライトに縁取られている。

「あら、嬉しい」

祐子ははしゃいだ声を上げた。それは感情というよりほとんど職業上の条件反射だ。短い間に、酒井が毎月店に落とす金のことや、酒癖が悪くないことや、口の堅さについて考えていた。

「じゃ、ちょっと待っててね。すぐ片付けるから」

駅前の寿司屋にでも行くのかと思っていたら、酒井はタクシーを止め、三十分ほど走らせた。新宿の高層ビルが近づいてくる。甲州街道から少し入ったところで、タクシーを降りた。

店主がひとりでやっている小さな割烹屋だった。店自体は古いが、磨き込まれたカウンターや油がこびりついてない換気扇が清潔でこざっぱりしている。顔馴染みらしく、酒井は店主に気軽に声を掛け、カウンターの隅へと祐子を案内した。客はひと組、老年に近い男同士だ。

「何を飲む？」

酒井が尋ねた。

「そうね、焼酎にしようかしら。お湯割りで梅干しをひとつ」

「僕は熱燗をもらうよ」

店主が黙って頷く。

「後は何でも好きなものを頼むといい」

「じゃ、遠慮なく」

祐子はおしながきを手にして、貝柱ときゅうりの酢の物と鰈《かれい》の塩焼き、だし巻卵を注文した。

店が始まる前にコンビニ弁当を食べたきりなので腹はすいている。客に誘われれば帰りに食事に出ることもあるが、最近はそんな客も減って、家に帰って残り物の夜食を食べるというのがほとんどだ。

「酒井さん、いいお店、知ってるのね」

「通い始めたのはここ一年ぐらいかな。これでも結構マメに飯を作ってたんだけど、さすがに五年もやってたら面倒になっちまってね」

「そう、もう五年もたつの」

祐子は息を吐き出した。

「ママんところは二年だっけ」

「そう」

「いろいろ大変だろうね」

「お互いにね」

五年前、酒井は妻を病で亡くしている。娘がひとりいるが、すでに嫁いでいて、時折、里帰りがてら様子を見にくるようだが、毎日の生活はほとんど自分で賄《まかな》っているという。じきに六十になろうとする男のやもめ暮らしは、どうにも侘しさがつきまとうものだが、酒井にはあまりそれが感じられなかった。金を持っている男はやはり違う、と祐子は思う。まだ四十そこそこでも、ローンや教育費やリストラでくたびれきったサラリーマンに較べたらずっと溌剌《はつらつ》としている。

「再婚されればいいのに」

思わず口にした。

「こんな六十男のとこに、来てくれるような人はいないよ」

酒井の猪口《ちょこ》に祐子は酒をついだ。

「そんなことないわ、酒井さんなら手を挙げる女の人、いっぱいいると思うわ」

なまじっか世辞ばかりではなく言った。何しろ駐車場に貸しビルだ。

酒井はどことなくせわしない仕草で、猪口を口に運んだ。

「ママみたいな人が来てくれたらいいんだけどね」

「あら、あら」

祐子は出された料理に箸を伸ばした。

「酒井さんでも、お世辞を言うのね」

「そんなんじゃないさ」

「でも、もし私みたいな女が家に入ったら、娘さん、きっとものすごく怒るわよ」

「娘には、嫁に出す時、それなりのことをしてやった。文句は言わせない」

その口調に、祐子はだし巻卵をつまんだ箸を止めた。

「でも、ママもいろいろと抱えてるものがあるからね。そんな簡単にはいかないだろうし」

「やだわ、酒井さん。私、本気にしちゃうわよ」

酒井が困ったように膝に視線を落とした。

本心か出任せか、長くこんな商売をしていればそれくらいの察しはつく。思いがけない酒井の好意に祐子は面食らっていた。

二十ばかりも年上の酒井は、侘しさはないと言っても、もちろんそれなりに老けている。猪口をつまむ手の甲にも老い特有のシミが浮かんでいるし、仕事のせいだろう、関節の皺にはインクが染みて黒ずんでいて、古い樹皮のように硬くなっている。このくらいの年代の男と寝たこともあるが、酒井に性の匂いはない。けれども、そんなことを考えるよりも、もっと大事なことがある。

「どうぞ」

祐子は再び酒井の猪口を満たした。

そうして、酒井の背後にあるすべてのものを改めて数字に換算した。

洗面所で化粧を落としていると、マユミが入ってきた。

クレンジングジェルをたっぷり塗った顔で、祐子は振り返った。

「どうしたの」

「おしっこ」

マユミはぶっきらぼうに言い、トイレに入って行った。勢いよく用を足す音が聞こえてくる。

マユミはもうすぐ十歳になる。もちろん、祐子の子供ではない。死んだ夫と前の妻との子だ。結婚した頃よりいくらかマシになったが、相変わらずつっけんどんで可愛げがない。

トイレから出てきたマユミが祐子を肩で押すようにして手を洗った。

「今日、遠足だったんでしょ、どうだった?」

「別に、大したことなかった」

「おばあちゃん、腰、まだ痛いって?」

「マッサージに行ったみたい」

「ふうん」

鏡の中でマユミと顔を合わせた。妙にヒネたところがあって、顔立ちにも子供らしさというものがない。夫似だと思っていたが、最近、そのちょっと上目遣いで人を見る目付きや、語尾を強調する喋り方が姑とよく似てきた。

死んだ夫は店に通っていた客のひとりだった。いつも景気のいいことばかり言っているような軽薄さはあったが、どこか憎めない人の好さも持っていた。

子持ちで、その上、姑までいることがわかった時はさすがに躊躇したが、こんな商売を続けていてまっとうな結婚ができるとは思ってなかったし、元来、先々のことを考えて行動を起こすことが苦手な祐子は、夫の「絶対に幸せにする」という言葉にほだされて決心した。もちろん頭の隅では、娘は姑が面倒をみてくれるだろう、家事もやってもらえるだろう、そうなれば店を続けられる、などということも計算していた。

当然だが、姑は突然現われた祐子を快くは迎え入れなかった。姑は七十歳を少し越えていたが、背筋が伸び、隙のない目をしていた。その目で祐子を上から下までたっぷり三分はかけて観察した。会った瞬間から、気に入られないことはわかっていた。いや、会う前からだ。マユミも同じ反応だった。二歳の時から姑に育てられてきたのだから、姑側につくのは当然だろう。けれど、祐子は平気だった。夫は祐子に惚れていたし、あとのふたりは所詮他人だ。他人に疎《うと》まれることで悄気《しょげ》てしまうような殊勝さは、とうの昔に捨てていた。

マユミが部屋に戻って行き、祐子は鏡に映る自分の顔を眺めた。

化粧を落とした自分の顔は、のっぺらぼうのようだといつも思う。目も鼻も口もあるが、表情というものがない。血色も悪く、頬全体にうっすらとシミが広がっていて、さすがに年は隠せない。

今はまだ、何とか女をウリにして客を惹きつけることもできるが、それも残り僅かだろう。化粧やマニキュアや派手なブラウスや栗色の巻き毛といった魔法も、いつか効力がなくなる。そうなった時、自分はいったいどうなるのだろう。

夫が死んだ時、それなりの生命保険が下りたが、名義はマユミになっていた。まさか一年で死ぬなんて考えてもいなくて、いつか変更しようと思っているうちにこうなった。おまけに家は姑の名義のままだ。どちらも姑がしっかり管理していて祐子には手が出せない。

家を出ようと、何度も考えたことがある。夫が死ねば姑もマユミも縁のない人間だ。そうしたらもっと気楽に生きられる。

そうできずにいるのは、夫が最期に「おふくろとマユミを頼む」と言い残した言葉が、わずかながらに頭の隅に残っているせいもあるが、もちろんそれだけではない。祐子なりの計算というものがあった。今はこんな時勢で店は不景気だし、家を出て新しい部屋に変わるにも、敷金礼金、毎月家賃もかかる。そのことを考えるとつい二の足を踏んでしまう。姑に渡している生活費と、ひとり暮らしに必要な金。どちらが得かと天秤にかけているうち、結局、二年もたってしまった。

ママみたいな人が来てくれたら……。

ふと、酒井の言葉が思い出されて、祐子は思わず鏡の中で笑った。

不運ばかりが備わっていると思っていたが、そうとばかりは言えないかもしれない。

翌朝、と言っても、すでに昼に近い時間になって階下に行くと、姑が茶の間でテレビを観ていた。

「おはようございます」

声を掛けると「ああ」と面倒臭そうな返事があった。姑と心地よい関係を築くことは最初から放棄しているので、そんなことにいちいち気持ちを逆撫でされることはない。

台所には食事の用意がされている。ガスに火をつけ味噌汁を温めた。ダイニングテーブルで新聞を広げると、姑の不機嫌そうな声が聞こえてきた。

「夜、食べないなら食べないで、後片付けぐらいしておいてちょうだいよ」

姑はこちらに背を向けたままだ。

「ああ、そうでした、すみません」

酒井に送ってもらって、家に着いたのは午前一時を回っていた。台所に入らないままだったので、すっかり忘れていた。

姑が聞こえよがしにため息をついた。

「本当に、いったいいつになったらごはん作りから解放されるのかしらね。老人ホームにでも入ったら上げ膳据え膳で暮らせるのに」

「そうですよね。近ごろは温泉付きなんていうホテルみたいな施設がいっぱいあるって聞きますもんね」

皮肉まじりに答えると、ますます姑の声が不機嫌になった。

「マユミを残して行けるわけがないじゃないの。あの子が頼れるのは私だけなんだから」

「じゃあ、あと十年かしら。そうしたら、マユミちゃんも成人だし」

「そんなに生きられませんよ、私は」

「あらぁ、お姑《かあ》さんなら、絶対大丈夫だと思いますよ」

それから姑をちらりと見やった。背筋の伸びた姑だったが、頼りにしていた息子が死んでから急に老け込んだように思う。こうして後ろから見ていても白髪がずいぶん増えた。

姑が、息子が死んだのは、祐子のせいだと考えているのはわかっている。嫁らしく息子の世話をしないでちゃらちゃら水商売なんかやってるからだ。

けれども、そんなのは知ったことではない。姑だって夫を早くに亡くしている。これはきっと家系なのだ。むしろ被害者はこっちだ。

「夜食のことはいいですから。適当に自分で食べてきますから」

「少なくても生活費をもらってる以上、やるだけのことはやらないと、また、あなた文句を言うでしょう」

「言いませんよ、そんなこと」

少なくても、というところが余計だ。

「言っておきますけど、今時、あれくらいのお金で家賃から食費から家事まで賄えるところなんてないんですからね」

もちろん、わかっている。わかっているからここにいる。そうでなければとっくに出ている。

「祐子さん、玄関の電球が切れたんで、替えておいてくださいよ」

代わりに与えられているのが男仕事だ。タンスの移動とか、納戸からストーブを引っ張りだすとか、かつて夫がやっていたことを今は祐子が引き受けさせられている。

「ごはん食べたらやっときます」

「頼みましたよ。ああ、腰が痛い」

姑がわざとらしく腰をさすっている。


湿った身体がぴたりと吸い付き合っている。

ゆっくり上下する男の胸に耳を押し当てて、祐子は規則正しい鼓動を聞いている。生身の男が持つ、獣じみた体温が祐子を安心させる。まだ、自分は〝女〟に見放されてはいないと感じる。

「そろそろ行かなくちゃ」

祐子が身体を離すと、男の身体からも力が抜けた。

「そうだな」

こんな時、女を引き止める言葉を口にするぐらいの手間は惜しまなければいいのに、と思う。

「シャワー、先に浴びれば」

ああ、と、男が立ってゆく。

どうということのない男、と言ってしまえばそれまでだ。四十代半ばの妻子持ちで、小さい土建屋の二代目で、そこそこ金もあり、時間も自由だ。ついでに言えば、仕事には少しも熱心でなく、ゴルフや夜遊びにうつつを抜かし、今も半分は親の脛《すね》をかじって生活している。男はもちろん道を踏み外す人生になど興味はなく、祐子との関係も割り切ったものだ。

タチの悪くない、ろくでなし。

その形容にぴったりの男だ。そうして自分もまた、そんな男にぴったりの女だと祐子は思う。

家を出たのは、高校二年の夏休みだった。

ごく普通のサラリーマン家庭で、兄と妹はそれに似合いの子供に育っていたが、どういうわけか祐子だけは家族からはぐれていた。理由なんてわからない。とにかく家にいても退屈でならず、塾の帰りが遅いことを利用して、ちょくちょくサボっては街に出るようになった。街には似たような人間が集まっていて、そんな彼女や彼らと一緒にいる方が、家で家族と過ごすよりずっと寛《くつろ》げた。

両親が祐子のことで頭を痛めていたのは知っていた。みんな同じように育てたのにどうして祐子だけが、というのが親の最大の疑問のようだったが、それは祐子も同じだった。どうして自分だけがこうなのか、祐子にもわからなかった。

その頃付き合っていた男と会うために、いろんな言い訳をしながら外泊をするのが面倒になって、家を出ることにした。荷物をまとめて、駅から「もう帰らない」と、母に電話で告げると、

「学校はどうするの？」

と、おろおろしながら母が尋ねた。最初に口にするのがそんなことかと思うと、ひどく可笑《おか》しかった。

「別にいい。私、勉強嫌いだし」

母は黙り込んだ。たぶん、ついにその日が来たと思ったのだろう。その日がいつ来るか、落ち着かない気持ちで待つよりも、むしろ気が楽になったのかもしれない。

暮らした相手はチンピラみたいな男だったが、半年ぐらいはすごく楽しかった。優しかったし、どこに行くにも一緒だった。けれども、やがて男は祐子を残してひとりで遊びに出るようになった。たまに祐子が遅くなると、飯ができてない、とか、シャツが洗ってない、と文句を言った。それは勉強しなさいとか、早く帰ってきなさい、と言う両親と何ら変わりがないと気づいた時、別れることにした。

友達のアパートに転がり込み、手っ取り早く稼げる水商売に入った。別にその仕事が好きでも、自分に向いているというわけでもなかったが、収入は面白いくらいあり、それが魅力で続けることになった。

好きな男ができれば一緒に暮らし、イヤになったら別れた。身体を売ったことはないが、利用

したことは数え切れない。騙されもしたし、騙しもした。裏切られたし、裏切った。みんなおあいこだと思っている。そうやって、キャバクラやバーやクラブやスナックに勤めた。

水商売は若さが勝負だ。祐子自身が若さを売り物にしてきたからこそ身に染みてわかっていた。三十歳になった時、この世界の女たちが必ず立ち止まらなければならない節目を迎えた。自分の店を持つか、結婚という免罪符を手に入れるか。どちらも選べなかった女は人生から転げ落ちてゆくだけだ。祐子は迷わず、店を持つことを選んだ。

貯えたいくらかの金と、男たちから投資という形で巻き上げた金で、新宿のはずれに十五坪ほどのクラブを始めた。店はそこそこ繁盛したが、二年ほどして可愛がっていたバーテンと女の子に店の売上金を持ち逃げされた。ふたりがデキているなんて少しも気づかなかった。運が悪いと人に言われた。そんなことは最初から知っていた。もともと自分は人を使えるタイプの人間ではない、ひとりで切り盛りできる店がいい。そんな時、知り合いから、東横線の沿線で駅に近い店が居抜きで出ているという話が来た。潰れかけたクラブは閉めて、そこで『アルル』という店を開いた。

男がバスルームから出てきた。

「ねえ、今月きついのよ。ちょっと助けてくれないかな」

おもねるような目を向けると、男はわずかに眉を顰《ひそ》めながらロッカーの上着から財布を取り出し、いくらかの万札をぽんとベッドに投げ出した。六、七枚はあると踏んだ。

「ありがとう、助かるわ」

祐子は素早く手にして、シャワーを浴びに立ち上がった。

酒井が店に娘を連れてきたのでびっくりした。

祐子は少し慌てながらも、精一杯愛想のいい笑顔で出迎えた。

「いらっしゃいませ」

「久しぶりに里帰りしたもんでね」

酒井が照れ臭そうに言い訳しながら、カウンターに座った。もちろん、真意はわかっている。それでも、まさか酒井がそこまでの気持ちでいるとは想像もしてなくて、祐子はいささか面食らっていた。

「いらっしゃいませ。お父さまにはいつもご贔屓《ひいき》にしていただいてます。祐子です」

娘は祐子を見ると目を眇《すが》め、すぐにそむけて、わずかに頭を下げた。酒井が代わりに答えた。

「史恵っていうんだ」

年は三十一で、六年前に同僚と結婚して、子供がひとりいる、というようなことを酒井から聞いていた。酒井の娘に限らず、この手の女は必ずそんな目を向ける。けれども祐子は、それは一種の勲章みたいなものだと思っている。軽蔑はいつだって、形を変えた羨望だ。

「水割りでよろしいですか」

あくまで、愛想よく祐子は振る舞う。

「ああ」

「お嬢さんも」

娘が頷く。声を出すことすら惜しいと思っているらしい。

用意する祐子の手を、史恵が観察しているのがわかる。右手の人差し指のマニキュアが剝がれているのに気づいて、さりげなく隠すのに苦労した。

「どうぞ」

グラスを差し出しながら顔を向けると、史恵はもう視線を膝に落としていた。二度と目は合わせない、それが娘としての抵抗だと決めているようだ。

酒井はそれなりに話題を持ち出したが、娘は終始「ええ」とか「そう」とか短く答えるだけだった。こんな時に限って他の客が訪れることもなく、ぎこちない呼吸が三つ重なり合って、店の中の空気を重たく湿らせた。

祐子はうんざりしていた。顔では笑っていたが、内心では「早く帰れ」と毒づいていた。さすがに酒井も気まずくなったのだろう、三十分もすると席を立った。

「あら、もうお帰りですか」

祐子はほっとして顔を上げた。

「うん、また来るよ」

「ありがとうございます。本当に、またいらしてくださいね」

娘に向けて言ってみたが、娘は一言も発せず、どころか挨拶もせず、酒井より先に店を出て行った。

あんな世間知らずの女が、まっとうに生きてます、みたいな顔をして居丈高にのさばっているのを見ると、若い頃ならどうにかして夫を寝取れないものかと考えたものだ。

その夜、看板間際に、再び酒井が訪れた。酒井はめずらしく酔っていた。

「さっきは、気分の悪い思いをさせて済まなかった」

酒井は少し呂律《ろれつ》の回らぬ口調で言い、カウンターに額を押しつけた。

「あら、やだわ。私、ぜんぜん気にしてないわ。いいお嬢さんじゃないの」

もちろん、胸のうちはおくびにも出さない。

「まさか娘があんなに態度を硬化させるとは思ってもみなかった。いい年をして、子供みたいに黙りこくって反抗するなんて、情けないとしか言いようがない。僕は今日、つくづく思ったよ。娘なんて勝手なもんだ。自分は好きに男を作っておいて、親なんか関係なしに女になったり、女房になったり、母親になったりしているのに、自分の父親には、死ぬまで父親でいろって言うんだから」

「それだけ、お父さんのことを心配してるのよ」

「余計なお世話だ」

「お嬢さんに私のこと、いったい何て言ったの？」

「何にも。ただ、会って欲しい人がいるって言っただけだよ」

それはすべてを話したのと同じだ。

「それじゃ仕方ないわ。私じゃ、娘さんのおめがねにかなうはずがないもの」

酒井はめずらしく口調を強めた。

「娘は関係ない。もう、嫁にいって、他人の家の者なんだから」

煽ることを承知しながら、祐子は伏し目がちにやんわりと首を振った。

「酒井さんの気持ちは嬉しいわ。本当よ、心からそう思ってる。でも、所詮、私は奥さんに納まれるような女じゃないの。この商売が好きだし、辞めるつもりもないの。酒井さんの期待にはきっと応えられないと思うの」

案の定、もう後には退けないといった様相で、酒井は言った。

「続けたいなら、そうすればいい。僕は、ママがここでいきいきと働いている姿が好きなんだから」

祐子は酒井を眺めた。

スツールを替えたいと思っていた。壁のクロスを張り替えて、グラス類も新品に買い替えたい。トイレも改装したい。新しい服も欲しいし、エステにも通いたい。

「どうせ残り少ない人生なんだから、思い通りに生きたいんだ」

酒井が独り言のように言った。

「やだわ、残り少ないなんて」

酒井と結婚すれば、それができるようになる。酒井は確かに多少年を食っているが、ただの年寄りとは違う。印刷屋の経営者で、駐車場と貸しビルを持っている。結婚して、もし面倒なことを言い出すようであれば、とっとと別れればいいだけのことだ。今までだってそうして生きてきた。これからだってそうして生きてゆく。そのことに、今さら、呵責《かしやく》など感じるはずもない。

家に帰ると、テーブルの上にメモが置いてあった。

「門扉がキイキイ音をたてるので調子を見ておいてください。それから、庭の木が伸びすぎて、枝が雨戸に当たって閉めにくいので切っておいてください」

祐子は息をついた。

小金を持っているのだから、そんな雑用は便利屋や植木職人に頼めばいいのに、元を取ろうとでもいうように、何かというと祐子をこき使う。メモは丸めてごみ箱に放り込んだ。

夜食を食べていると、マユミが顔を覗かせた。

「あら、どうしたの。おしっこ？」

「違う」

マユミが怒ったように首を振った。

「なに？」

「あのね」

マユミは口を尖らせ、ぶっきらぼうに言った。

「今日、私、学校で習ったことになったみたいで、それで、そのことおばあちゃんに言ったら、いろんなもの買ってきてくれたんだけど、それって、みんなが使ってるのとは違ってて、何か、そういうのじゃないのが私は欲しいの」

最初、何を言ってるのかわからなかった。少し考えて、気がついた。

「あら、生理が来たの」

マユミは相変わらず怒ったように「うん」と頷いた。

「へえ、あんたもそういう年ごろになったんだ」

祐子はマユミを眺めた。結婚した頃、マユミはまだ犬っころみたいだった。姑にぴたりとくっついて、祐子を珍しい動物でも見るような目で眺めていた。甘えられたことも、泣き付かれたこともない。間違っても、おかあさんなどと呼ばれたこともない。

「私は十二だったけど、今の子は早いのね」

「でも、なったのはクラスで四番目だよ」

「ふうん。わかったわ、明日、揃えておいてあげる。おなか、痛い？」

「ううん」

「あんたも、女の子から女になったんだ」

マユミは不意に泣きそうな顔になった。

「どうしたの、なりたくない？」

「わかんない」

「何で」

「何でか、わかんない」

「あはは、怖いんだ。でも、何年かたったら、女に生まれてよかったと思う時が来るから」

「本当に？」

「当たり前じゃないの。それだけは保証してあげる」

ようやくマユミは少しだけ頬を緩めた。

酒井とは店の始まる前や、店が退けてから、ちょくちょく会うようになっていた。

すでにすっかりその気になっている酒井は「ママさえよければ、いつでもうちに来てくれ」と言っている。祐子の方も、もちろんその気でいるのだが、もし、この家を出てから酒井との話がこじれてしまったら、帰る場所がなくなってしまう。酒井がそんな男でないことはわかっているが、あの強情そうな娘のこともある。慎重になるのは当然だった。酒井から判子を押した婚姻届を渡されたらこの家を出よう、そう考えていた。

いつものように、昼近くに起きて階下に下り、味噌汁を温めていると、テレビを観ていた姑が、めずらしくテーブルの向かい側に座った。

こんな時は、何か頼みごとか、文句を言うに決まっている。祐子はうんざりしながら「何ですか」と尋ねた。

姑はいくらかくぐもった声で言った。

「実はね、昨日、冬美さんから電話があったのよ」

「はあ」

味噌汁を口にしながら、祐子は曖昧に答えた。

「冬美さんよ、幹男の前の、ほら」

幹男は死んだ夫の名前だ。

「ああ、前の奥さん。それで、何て」

「それが、マユミを引き取りたいって」

「あら」

思わず声が上擦った。渡りに船とはこういうことだ。

「それで、お姑《かあ》さんはどう答えたんですか」

「どうも何も、二歳のマユミを置いて男のとこに走ったような女なんだよ。今さら、母親だなんて、どの面下げて言えるのかってね」

姑は唇を歪めている。

「そうかもしれませんけど」

祐子は椀をテーブルに置いた。

「でも、やっぱり実の母親と一緒の方が、マユミちゃんは幸せなんじゃないですか」

姑は目を見開き、語気を強めた。

「そんなことはありません。私がいます」

「でもね、これからマユミちゃんはどんどん難しい年代に入ってゆくでしょう。この間、マユミちゃんが生理になった時、お姑さん、夜用スーパーのナプキンを買ったでしょう。あれ、日中はちょっと使いづらいっていうか、学校に持ってゆくにも嵩張《かさば》るっていうか、それにパンツにしても、ジュニア用の可愛いのがあるんだし、何も、あんな大人用のじゃなくても。とにかく、これからますます母親が必要になってゆくんじゃないかって思うんです」

生理用品のことがこたえたのか、姑は黙った。

「引き取りたいってことは、それだけ暮らしに余裕があるってことじゃないですか。思い切って任せてもいいんじゃないですか。お姑さんだって、そうすれば安心して、温泉付きの施設に入れますよ。上げ膳据え膳が夢だったんでしょう」

姑は黙ったままだ。

「マユミちゃんのためにも、その話、いいんじゃないですか」

姑は何か言いたそうに口を動かしかけたが、言葉を見つけられなかったのか不意に立ち上がり、自分の部屋に入っていった。

それからひと月ほどが過ぎた。

酒井が自分の署名と判子を押した婚姻届を差し出し「これが僕の気持ちだから」と、まるで青年のように上気した頬で言った。

「本当に持ってきてくれるなんて」

もちろんそれは祐子が遠回しに要求したことだが、そんなことなど口にした覚えはないとでもいうように、驚いた顔をした。

「僕の方はいつでもいいから」

「ありがとう、嬉しいわ」

ことはすべて祐子の思惑通りに進んでいた。後は、やっかいな話し合いをひとつ済ませばすべてが終わりだった。

姑から、冬美と会ってくれと言われていた。

「私が行けば、まとまるもんもまとまらなくなるかもしれないから」

それはもっともだと祐子も思った。できることならマユミを手放したくない、という姑の思いを前提に話をしても、渡さない理由を見つけるだけに決まっている。

すでに酒井との結婚にこぎつけた祐子にしたら、とにかく姑とマユミを納まるところに納めたいという思いがあった。マユミが実母に引き取られ、姑が環境のよい施設に入ってくれたら、少なくとも、死んだ夫に後ろめたい気持ちを持たなくて済む。自分に残るものは何もないが、金は酒井が持っている。

マユミの気持ちはすでに固まっていた。祐子の知らないところで、姑とよく話し合ったようだ。姑ももう覚悟をしていて、温泉付き施設のパンフレットをいくつか取り寄せている。

その日、祐子はいちばん地味な服を選んだ。

一着だけ持っている白い無地のブラウスと、膝丈のタイトスカートだ。後ろにかなり深くスリットが入っているが、座れば見えない。

マユミは姑の選んだ淡いピンクのワンピースを着ていた。時代遅れの、いかにも姑が選びそうなフリルがついた服で、色黒でヒネた顔つきのマユミにはとても似合っているとは言えなかったが、出掛けに姑と揉めるようなことにはなりたくなかったので黙っていた。

約束の渋谷の喫茶店に向かった。電車に乗っている間も、駅に降りてからも、マユミは緊張しているのかずっと黙ったままだった。

「おかあさんのこと覚えてる?」

気持ちを和らげるように、いつになく優しい口調で祐子は尋ねた。

「ぜんぜん、二歳だもん」

「そっか。でも、おかあさん、きっとマユミちゃんのことずっとずっと考えてきたと思うよ。会いたくて会いたくてたまらなかったと思うよ」

「そうかな」

「だって、本当のおかあさんだもの。世界中で誰よりもマユミちゃんのことを大事に思ってる人だもの。よかったね、一緒に暮らせるようになって」

マユミの表情に照れたような期待が膨らんでゆく。

とにもかくにも、母親にマユミを引き取ってもらいたい。その一心でうまくマユミを乗せてゆく。


待ち合わせの喫茶店に入った。死んだ夫のかつての妻がどういう女だったのか、興味がないわけではなく、祐子も少し緊張していた。

奥まった席に、その人を見つけた。あちらもすぐに気づいたらしく、席から立ち上がった。

そう悪くない女だった。ブルーのチェックのジャケットはダサかったが、安物でないことは明らかで、それなりの生活をしているのが窺えた。化粧もきちんと施し、流行の色の口紅をしていた。顔立ちも美人の部類に入るかもしれない。二重の目には丁寧にマスカラが塗られていた。

けれども、マユミを見た冬美の目に浮かんだものを、祐子は見逃しはしなかった。

「はじめまして」

祐子は冬美の前に立ち、頭を下げた。

「こちらこそ、このたびは不躾なことをお願いして申し訳ありません」

「とんでもない、マユミちゃんにとって嬉しいことですから」

「ありがとうございます」

それは明らかに落胆だった。二歳の時に別れたマユミがどんな娘に育っているか、どんなに可愛らしく、どんなに利発に成長したか……その期待が見事に打ち砕かれたという様子がはっきり見てとれた。

「マユミちゃん、元気だった？」

冬美が腰を折って、マユミに顔を近づけた。反射的にマユミは祐子の背後へと身を隠した。

「こんなに大きくなって」

「来月、十歳ですから」

とにかく席に腰を下ろしたが、マユミは照れているのか顔を上げようとしない。

冬美がメニューを広げて、マユミの前に差し出した。

「マユミちゃん、何がいい？　アイスクリームもクレープもあるのよ。ここ、とってもおいしいから」

冬美が尋ねるが、マユミは黙ったままだ。

「すみません、やっぱり緊張してるみたいで。じゃあ私はコーヒー、マユミちゃんにはいちごジュースをいただきます。マユミちゃん、それでいいでしょ」

言うと、マユミは小さく頷いた。

冬美がウェイトレスを呼び、それを注文した。

話すことなんて何もなかった。今さら、死んだ夫の思い出話で時間を潰すような気はさらさらなかったし、今日のお天気の話などまっぴらごめんだった。祐子の役割はふたりを引き合わせることだ。そのまま冬美はマユミを食事に連れて行き、帰りは家まで送り届けることになっている。

「じゃあ、私はこれで」

コーヒーを半分飲んで、祐子は席を立とうとした。

その時、マユミの手がしっかりと祐子のバッグを摑んでいるのに気がついた。

「どうしたの」

言ってから、マユミの目を見た。

そうして、祐子は闇を飲み込んだような気持ちになった。

ああ、やっぱりこの子にもわかっていたのだ。

実の母親が自分を見た時の目だ。自分が落胆されたこと、期待に添えない子供であったことを、マユミはその小さい胸の中ではっきりと悟ったのだ。

祐子は再び、席に腰を下ろし、小さく息を吐いてから、マユミに「先に、表に行ってて」と告げた。

「心配しなくていいから、私もすぐ行くから」

マユミは頷き、ほっとしたように席を立って行った。

「どういうことですか」

冬美がマユミの背を目で追いながら、祐子に尋ねた。

「今から、ふたりで食事に……」

「失礼ですけど、あなたは本当にマユミちゃんを自分の手元に置きたいと思ってるのかしら」

冬美が頬を強ばらせた。

「当たり前じゃないですか、血の繋がった娘なんですから」

「血の繋がりなんて、アテになるのかしらね」

冬美の目にみるみる警戒が広がってゆく。

「あの子を渡さないつもりなんですか」

「別に、そういうわけではないんですけど」

「何がお望みなの？」

「望み？」

「わかってます。父親がマユミに遺した保険金でしょう」

祐子は改めて冬美を見た。なぜ今頃になってマユミを引き取りたいと言ってきたのか、その時すべてが読めたような気がした。

「誰から聞いたか知りませんけど、そんなものありませんよ」

「嘘だわ。ちゃんと知ってます。それが惜しくなったんでしょう」

つくづく冬美を眺めた。女というのは、どうしてこうも欲の前では意地汚くなるのだろう。もちろん、自分もそういう女のひとりだ。

「そうよ」

と、祐子は答えた。この女に「私はそんなこと考えてもいない」と、言い訳してまで、真意を伝えようとは思わなかった。たとえ言ったとしても、信じるわけがないこともわかっていた。

「あんたなんかに大事な金ヅルを渡してたまるもんですか」

そんな啖呵《たんか》が自分には似合っている。

おののくような目を向ける冬美を残して、祐子は席を立った。

店を出るとマユミが立っていた。祐子を見ると、ホッとしたように身体から緊張を解いた。

「帰ろう」

「いいの？」

「あんたがそれでいいんでしょ」

「うん」

マユミは小さいがはっきりとした声で答えた。

「だったら、帰ろう」

ふたりで駅に向かって歩き始めた。せっかくの酒井の申し出もこれでご破算だな、とぼんやり考えていた。

「おばあちゃんだけど」

マユミが言った。

「なに？」

「本当は、あの家にずっといたいんだと思う」

祐子はぶっきらぼうに答えた。

「知ってるわ」

駅に続く横断歩道の信号がちょうど青になっている。思わず走り出そうとして、祐子は足を止めた。

いいの？

という目で、マユミが見上げる。

いいのよ。

祐子はどこか投げ遣りな、けれど、それはそれで悪くない心持ちで頷いた。

走っても、どうせ赤になるに決まっている。

信号が赤に変わった。

# 凪の情景

闇を震わすように、電話が鳴り響いている。

史恵は目を覚まし、受けるべきか迷った。真夜中の電話で吉報だったためしはない。このまま眠ってしまえば、もしかしたら何もなかったことになりそうにも思えたが、出ようとしない史恵を非難するように、コールは続いている。

ようやくベッドから起き上がり、隣の空のままのベッドは見ないようにして、サイドテーブルに手を伸ばした。

「もしもし」

「ああ、史恵さん、私だけど」

義姉の佳奈子ということはすぐにわかった。そうして、その声を聞いた時にはもうすべてが飲み込めていた。

短い電話だった。

「わかりました。雄市さんにはそう伝えておきます」

「頼むわ」

いつもは気丈な義姉もさすがに最後は言葉を湿らせていた。

史恵は再び横になった。風が出ているのか波音が耳をなぶるように伝わってくる。まるで夜の息遣いのように、わずかな強弱を伴い、街全体を震わせている。鎌倉の春の海は人を見放している。初夏から始まるお祭り騒ぎの季節には投げ遣りに自分を明け渡す代わりに、秋から春にかけてはいつも背を向ける。けれども、その無関心さがむしろ史恵を落ち着かせてくれる。

眠ってしまおう、と、固く目を閉じた。夫が帰ってから話せばよいことを、今、考えるのはよそうと思った。

夫の雄市が帰宅したのは午前二時を少し回った頃だった。ベランダ沿いの通りにタクシーが止まり、しばらくして鍵が玄関に差し込まれた。わずかにドアの軋む金属音があり、スリッパをぱたぱたさせながらキッチンに入り、食器棚から胃薬を取り出して、冷蔵庫のエビアンで流し込む。それから面倒臭そうに、寝室に向かってくる。いつもと同じ手順で、雄市は今夜も一日にケリをつけようとしている。

いつもはどんなことがあっても寝たふりを通すのだが、今夜ばかりはそうもいかず、史恵は身体を起こした。

寝室のドアが開き、史恵を見ると雄市は驚いたように足を止めた。

「何だ、まだ起きてたのか」

非難を含んだ声で言いながら後ろ手でドアを閉め、背を向けてスーツを脱ぎ始めた。

「さっき、お義姉《ねえ》さんから電話があったの」

一瞬、雄市の動きが止まった。

「恭二さん、見つかったんですって」

「無事か」

「いいえ」

それを史恵は自分でもひやりとするほど冷静な声で告げた。

応えがあるまでに少し時間がかかった。

「そうか、やっぱりな」

「遺体を明日引き取りに行くから、一緒に来て欲しいって」

「場所は？」

「観音崎だって言ってたわ」

雄市はカーペットの床に乱暴にワイシャツと靴下を脱ぎ捨て、パジャマに着替えた。

「やっぱりそんな遠くじゃなかったんだ」

言葉の端々に悲しみとも怒りともつかない苛立ちが滲《にじ》んでいる。

「あいつの身体で、そんな遠くに行けるわけがないんだ。警察にもそのことは言ったのに、あいつらは何をしてたんだ」

それから、やがて小さく舌打ちした。

「いや、それはしょうがない。あいつが家を出た時から、みんな覚悟してたことなんだからな。もうずっと前からいつかこうなることはわかってた。これはあいつが自分で選んだ結末なんだ。仕方のないことなんだ」

雄市はベッドの端に腰を下ろし、自分を納得させるかのように口の中で言葉を吐き続けた。

誰も雄市を責めたりはしない。雄市の言う通り、これは恭二が自らの意志で決断した現実なのだ。止められなかったことを悔いるのは、むしろ、恭二の死を意味のないものにしてしまう。

史恵は何も言わず、横になり、布団を目元まで引き上げた。それから、冷静なはずの自分の胸を、ざわざわと揺るがす得体の知れないものから気を逸《そ》らすように、再び、固く目を閉じた。

翌朝、雄市は朝早くに義姉と連絡を取り合い、玄関に向かった。

「検死なんかがあるそうだから、たぶん明日が通夜で、あさってが告別式になると思う」

玄関で靴を履きながら、雄市は言った。

「その手配は親父がやると言っている。後から、あっちに手伝いに行ってくれ」

「わかったわ」

使い終えた靴べらを差し出しながら、雄市は史恵に向けて唇を皮肉に歪めた。

「おまえ、冷静なんだな」

史恵はふっと顔を上げた。

「恭二と仲のいい時もあったのに」

史恵は黙って視線を床に落とした。

「まあ、いいさ。おまえにとっては、所詮、他人なんだから」

「気をつけて」

まるで聞こえなかったように雄市を送り出したものの、しばらく史恵は玄関に立ち尽くしていた。

雄市が言ったように、本当に自分は冷静でいるのだろうか。史恵にはよくわからなかった。ただ、身体の一部が冷たく麻痺しているような感覚がある。それがいったい何を意味しているのか、知るのが恐かった。もう長い間、自分を掘り起こすような作業は放棄していた。その方がずっと楽に生きられることを知っていた。

恭二は雄市の六歳下の弟で、史恵が初めて会った七年ほど前にはもう進行性の疾患を患っていた。有効な治療法はなく、徐々に筋力が衰え、食事を摂る力や呼吸機能を失い、やがては死に至るという難病だった。生まれた時からその身体には多くの疾病が潜んでいて、彼のそれまでの人生の半分は病院のベッドの上だったと聞いている。

恭二と初めて会った時のことを、今もよく覚えている。その頃はまだ体調もさほど悪くなく、両親の住む鎌倉の実家で自宅療養をしていた。雄市と結婚を前提に付き合い始めたことを報告するために出向き、そこで会ったのだ。

庭を背にして、恭二は両親と共にソファに座っていた。ちょうど今頃の季節で、背後に透明な春の光が庭の木々の隙間から溢れ落ち、恭二の輪郭が曖昧に溶けていた。

あの頃二十歳だった恭二は、確かに若者が持つようなエネルギーはなかったが、静かな力に満ちていた。華奢な身体は、子供のようでもあり、老人のようでもあり、詩人のようでもあった。受け容れることを知っている人間が持つ、潔さのようなものが恭二を支える骨格となり、その中に無垢な魂が放りこまれているような感じだった。

病気がちの弟がいる、ということは雄市と出会った頃から聞かされてはいたが、さすがに史恵は少し緊張していた。自分が何か失敗をしでかすのではないか、言ってはいけないことを口にしてしまうのではないか、それによってこの結婚がうまくいかなくなったらどうしようと、あの頃、雄市にすっかり夢中だった史恵はびくびくしていた。

けれどもそんな危惧は無駄だった。恭二は素晴らしく知的で、ウィットに富み、そして絶望をさりげなく受け容れていた。史恵の気遣いは見当違いのものであり、むしろそんなことに気を揉んでいた自分が恥ずかしかった。

一年後に雄市との結婚は叶い、同じ鎌倉の、海に近いマンションに住むことになった。同居を厭うつもりはなかったが、むしろそれを避けたのは義父母の方だ。入退院を繰り返す恭二のために、家はいつも準備を整えておきたいのだと言われた。

この七年の間で、恭二は少しずつ、しかし確実に命の期限を縮めていった。

今年の春先から、ベッドから起き上がるにも時間を要するようになり、今度入院をすれば、二度とこの家には帰れないだろうということは、誰も口にはしなかったが漠然と感じていた。もちろん、それは恭二自身がいちばん覚悟していたことだろう。

三日後に入院という日、恭二はひとりで家を出た。

『そろそろ行こうと思います』

短い手紙を遺していった。

あれから一週間が過ぎていた。

七時になって、いつものように純也を起こした。

「今日、幼稚園はお休みするから」

パジャマを脱がせながら言うと、純也はいくらか寝足りない表情で尋ねた。

「どうして？」

「恭二おじちゃんが亡くなったの。だから、おじいちゃんとおばあちゃんのお家に行くのよ」

純也はすぐには意味を理解できなかったらしく、史恵の顔を見つめながら首を傾けた。

「亡くなったってわかる？　死んじゃったってこと。純也、恭二おじちゃんのこと大好きだったでしょう」

そんなことなど言う必要はないのに、わざわざ口にする自分に臍《ほぞ》を噬《か》んでいる。

「もう会えないの？」

「そうよ」

「ずっと？」

「そう、ずっと」

「いやだ」

「いやでも、しょうがないの。それが死ぬってことなんだから」

純也は黙った。それきり純也は黙った。

ひどく腹が立っていた。

純也が朝食を食べている間に、寝室のクローゼットを開けて、奥に掛けてあった喪服を取り出した。それから数珠と黒の布張りのバッグ、黒いストッキング、白いレースのハンカチを揃えた。

それとは別に、エプロンを用意しておく。五年ほど前に実家の母の葬儀を経験しているので、必要なものはだいたいわかっていた。

それと夫の喪服一式をボストンバッグに詰め、白いブラウスに黒のカーディガン、同じ黒のパンツを着た。遺体も戻ってないのに喪服に着替えて向かうには気がひけた。もし何か足りないものがあったとしても、車で三十分ほどの距離なのだから、いつでも取りに帰ってこられる。

朝食の後片付けを終えて、幼稚園にはしばらく休むと連絡をした。それから、実家の父にも報せを入れた。

電話の向こうで父は短く「そうか」と答えた。事情は恭二が家を出た時にすでに伝えてあった。

「たぶん、お通夜は明日で告別式はあさってになると思うの」

「何か手伝うことはないか？」

「ううん、今のところは別にないわ」

「何かあったら、いつでも連絡してきなさい。仕事場か家にいるから」

電話を切って、小さく息を吐いた。

例の女との再婚話が壊れてから、父は少し年をとったように感じられた。どことなく声に力がなく、先日訪ねた時もいつも几帳面に片付けられていた家の中が、読みかけの新聞や食べ終えた食器で散らかっていた。気落ちしている父を見ると、胸が痛まないでもなかったが、史恵が反対を口にする前に相手が断って来たのだから仕方ない。もちろんそれを聞いた時、どんなにほっとしたかわからない。

母が死んで五年がたった。父も老い、ひとり暮らしをさせておくには不安があり、再婚そのものに反対する気はなかったが、あんな女となれば話は別だった。父がまさかあんな女に惹かれるなんて考えてもいなかった。水商売の、男を利用することしか頭にないような女ではないか。父に向けるおもねるような目付きや、媚びた仕草、茶色い髪や派手なブラウスも下品としか言いようがない。マニキュアが剝がれた指を隠そうとしたが、史恵は見逃さなかった。もし史恵の爪先がそうだったら、父はどんなに眉を顰《ひそ》めるだろう。それどころか、あんなどぎつい色のマニキュアなどしていたら何と言われるかわからない。どうして男は、自分の妻や娘や身近な女にはちまちまと不満を口にするくせに、あんな女の前だと大雑把な感覚しか持てなくなってしまうのだろう。あんな女のいったいどこに男は心を揺さぶられるのだろう。

六十歳になろうという父が、思慮深く家族思いだった父が、まじめで働き者で人に対して礼儀を欠いたことのない父が、あんな女に惹かれたと知って、史恵はひどく落胆していた。

九時には純也を連れ、車で家を出た。道は少し混んでいたが、そう時間をとられることもなく着くことができた。

舅姑が住んでいるのは築三十年も過ぎた古い一軒家だが、恭二の暮らしいいよう屋内はさまざまに改築が施されている。特に恭二の部屋から見える庭は、職人によって季節ごとに手入れされていた。通りにまで枝を伸ばした桜の木は今年も見事に花をつけ、今は瑞々しい新緑に覆われている。家の周りに巡らされた生け垣も、律儀なほどに刈り込まれている。

舅は寺に葬儀の打ち合わせに出ていて、家には姑ひとりのはずだ。玄関で呼んでも応答はなく、庭に廻ると、恭二の部屋の真ん中で座り込んでいる姿が見えた。

「おかあさん」

声を掛けると、姑はわずかに顔を向けた。

「あら、史恵さん」

「お返事がなかったものですから」

「ごめんなさい、ぼんやりしてたわ。純也もよく来てくれたわね」

と、気丈な様子で史恵と純也を迎えてくれたが、言葉や仕草に生彩はなく、目の下に疲れが薄黒く膨らんでいた。

庭先で靴を脱ぎ、縁側から部屋に上がった。とたんに、身体が鷲掴みされるように恭二の匂いが迫ってきた。体臭というより、清潔で乾燥した日向《ひなた》のような匂いだ。それは、恭二の在り方そのものだった。

「おかあさん、寝てらっしゃらないんじゃないですか」

「とてもね」

姑が力ない笑みを唇の端に浮かべる。

「そうでしょうけど、どうぞ横になるだけでもなってください。私にできることがあったら、何でもしますから」

「ありがとう」

純也が庭先でしゃがみこんでいる。また虫でも見つけたのだろう。純也は物心ついた頃から昆虫が好きで、史恵にしたら悲鳴を上げたくなるような虫を捕まえては自慢げに見せに来る。

そんな姿に姑は目を細めた。

「ああしてると、恭二の小さい頃そっくり」

史恵は姑の視線を追い、純也に目を馳せた。

「あの子も虫が好きでね」

「ええ、純也も恭二さんにいろいろと教えてもらったようです」

「雄市はぜんぜん駄目。とんぼも気持ち悪がって捕まえられなかったくらい。不思議ね、雄市よりも恭二に似てるなんて」

返答に困って、史恵は口を噤《つぐ》んだ。

姑も気がつき、肩をすくめた。

「あら、ごめんなさい、変なことを言って」

「いえ、本当にそうです。純也は恭二さんによく似てると私も思います」

姑は再び、庭で無心に虫を追う純也を眺めた。

「恭二があの頃の年にはもう、毎日のように病院通いだったわ。どうしてあの子ばかりがって嘆かない日はないくらいにね。小さい頃は我慢ができない子で、ここが痛いとか息が苦しいとか、すぐに泣き付いてくる子だったのよ。病院に行くのもいやがって、本当に毎日、途方に暮れながら暮らしていたわ。なのに、いつのまにか、何も言わなくなってしまって。我慢することを覚えてしまって」

姑は短く息を継いだ。

「つらい時はつらいと言っていいのよって言ったら『でも、僕が苦しいって言うと、お母さんに苦しいのがうつるから』って。意味がすぐにはわからなかったんだけど、恭二が苦しがると私の顔つきも暗くなってしまうのね。それが恭二には、苦しさがうつるんだと思ったらしいの。そんなことはないから苦しくなったらすぐ言いなさいって言っても、よほどのことがない限り、口にしなくなったわ。あの子は、本当に優しい子だった」

そうして姑は口に手を当て、静かに嗚咽《おえつ》した。

史恵は掛ける言葉を見つけられず、姑に寄り添い、その背をゆっくりとさすった。背骨の節が手のひらに当たり、恭二が姿を消してからの一週間で、どれだけ痩せてしまったかを痛感した。

かつて、姑が自分に対してひどく他人行儀であるように思えて悩んだ時期があった。純也が生まれた時も、期待したほど喜んでもらえなかったように思えてがっかりした。

今ならそのわけがわかる。長男の雄市の結婚を喜ぶには、恭二に対するどこか後ろめたい気持ちがあったのだ。孫を手放しで可愛がるのは、恭二の手前気が引けたのだ。そのことを教えてくれたのは恭二だった。

「ねえさん、おふくろのことを悪く思わないでくれないか。あれで精一杯、僕に気を遣ってるんだ。まったく見当違いもいいとこなんだけど、そうすることでおふくろの気が少しでも済むならと思って、何も言わないでいるんだ。悪いけど、もうしばらくの間のことだから、大目に見てやってくれないか」

言われた時はびっくりした。そうして、もうしばらくの間のこと、という何気なく挟み込まれた言葉に胸を衝かれて、頷くのが精一杯だった。恭二はいつも、誰よりもさりげなく、自分の死を胸ポケットにしまいこんでいた。

姑が床に手をつき、心許ない姿勢で立ち上がった。

「じゃあ少し、横にならせてもらおうかしら」

「大丈夫ですか」

「ええ、大丈夫」

「お昼の用意ができたらお呼びしますから」

「お父さんもその頃にはいったん帰ってくると思うから。じゃあそれまで、お願いしますね」

「わかりました」

部屋を出てゆく姑を見送ってから、史恵は再び庭の純也に目をやった。


恭二は何のわだかまりも持ってはいなかったと思うが、結婚したての頃はまだ、恭二とどう接すればいいのか困ってしまうことがあった。週末の夜、ちょくちょくこの家で夕食を共にしたのだが、誰もが胸に抱える気懸かりに気づかないふりをするあまり、時折、必要以上に笑いに溢れた食卓になり、史恵は自分の役割をちゃんと果たせるかどうか心を砕かねばならなかった。けれども、気づかないふりをするという点では、恭二の方が完璧だった。労《いたわ》られていたのは家族の方だった。


恭二は時折、史恵のマンションにも遊びにきた。

「海風にあたりたくなって」

六階にある部屋は、鎌倉の海を一望できて素晴らしく景色がいい。

具合のいい時、恭二は純也を連れて散歩に出掛けたりした。雄市が不在がちになってからは、史恵も加わって三人で浜辺を歩いたりした。

恭二はいつも長袖を着ていた。細い腕と、あまりに多くの針が差し込まれ黒ずんでしまった痕を見せたくなかったのだろう。

恭二は口数は多くなかったが、無言の時間を相手に負担に思わせない穏やかさを持っていた。いつからか、史恵はその穏やかさの中に、自分の居場所を見つけるようになっていた。

恭二といると、自分の身体の中で蠢《うごめ》く欲という名のつくものすべてに凪《なぎ》が訪れるような気がした。前夜の雄市との激しい諍《いさか》いも、頭を抱え込むような嫉妬も、狂おしい性的な欲望も、しゅうしゅうと音をたてて揮発してゆく。そうして恭二と同じように、清潔で乾いた匂いを持つ生きものになれる。

台所に入って冷蔵庫を開けてみたが、昼食の材料になりそうなものは見つからなかった。この一週間、史恵も何度か弁当を持って出向いたが、それ以外、姑も舅も食べ物らしいものはろくに口に入れていなかったのだろう。

史恵は玄関を出て、庭に回り、純也に近づいた。

「ちょっと買物に行ってくるわ。お留守番、できるわよね」

「うん、いいよ」

純也は泥で汚れた手を身体の両脇にぶらんと下げて立ち上がった。

「家に入るんだったら、いちばん最初に手を洗うこと。それから、おばあちゃんが休んでるから、テレビを観るなら音を小さくしてね」

「わかった」

「お昼ごはん、何を食べたい？」

少し考え、純也は言った。

「オムライスがいいな」

ふっと、胸がざわめいた。

「甘いケチャップがいっぱいかかったの」

「そう」

「恭二おじちゃんも好きだったね、ママのオムライス」

「そうだったわね」

「うちに来た時は、いつもオムライスをリクエストしたものね。コーンとウィンナーソーセージの切ったのが入ってて、グリンピースは絶対いやなの。僕と一緒だった」

史恵は口元を緩めた。

「それにピーマンと人参もだめなところもね」

「うん、でも玉葱は少しならいいよ」

それから純也は真顔になった。

「ねえママ、恭二おじちゃん、本当に死んじゃったの？」

一瞬、言葉に詰まった。降り注ぐ日差しが、純也の姿をくっきりと縁取っている。

「そうよ」

「もう、会えないの？」

「残念だけれど」

純也が自分の胸を指差した。

「さっきから、何だかここが変なんだ。痛いような苦しいような、何かにぎゅうって摑まれたみたいな感じがするんだ。どうしてだろう」

純也は困ったように口を尖らせた。

「いらっしゃい」

史恵は少し身体を屈めて手招きした。

「手、汚れてるよ」

「いいの、さあ」

純也が史恵のお腹の辺りに顔を埋め、腰に手を回した。

「それはね、悲しいってことなの」

「ふうん」

「悲しいと、胸の中がそういうことになるの」

「そうなんだ……ママも悲しい？」

「ええ、とてもとても悲しいわ」

「僕だけじゃないんだ」

純也はしばらく史恵から離れようとはしなかった。

その日の夜、恭二の遺体は自宅に戻り、一晩、ベッドに寝かされた。

水死ではあるが、発見が早く、岩や浮遊物に接触もしなかったということで、顔も身体も傷むことなく表情も穏やかだった。

潮気のせいか髪はつやつやしていたが、それでも、まるで生きているような、という形容は当てはまらず、やはりそれは死に顔以外の何物でもなかった。

義姉の佳奈子は、ベッド脇で座り込んだままの両親の世話をやいていた。雄市は父親から葬儀一切を引き継ぎ、あちこちに電話を掛けている。純也は隅で毛布にくるまって眠っている。史恵は舅や姑の喪服の用意を整えたり、寺ではなくこちらにも弔問客があることを考慮して茶器や座布団を揃えたりした。慌ただしさと静穏が入り混じった不思議な夜だった。

対照的に翌日の通夜と、翌々日の告別式は、めまぐるしく過ぎて行った。親戚や近所の人や、舅や雄市の会社の人や、数少ない恭二の友人たちが次々に訪れ、口をもごもごさせながら悔みの言葉を呟いた。弔問客の多くは、すでに経緯を知っていて、どんな言葉を選べばいいのか躊躇するのは当然だろうと思われた。舅と姑は、時折ハンカチで顔を覆うことはあっても、取り乱すようなことはなく、概ね気丈に喪主としての務めを果たしていた。

長男の嫁として、史恵もまた精一杯のことをしたと思っている。精進落としの席で、結婚式以来会っていなかった舅の兄という人に「こんなりっぱな長男夫婦がいるんだから安心だ」と言われ、雄市は今、どんな気持ちでこれを聞いているだろうと思った。

夫婦としての関係はすでに三年前に終わっていた。

早い話、雄市に女ができたのだ。残業も、休日の接待も、すべてが言い訳に過ぎないことを察するのにさほど時間はかからなかった。恥ずかしい話だが、興信所を使って相手の女を調べ上げた。横浜のスナックのママで、派手な化粧と、肩で揺れる茶色い巻き髪と、これみよがしに胸が大きく開いた服を着ていた。興信所からの報告書を持って、自分の目で確かめに行ったのだから間違いはない。女は「あんな女」と呼んで構わない種類の女だった。どうであれ、人の夫に手を出す女は、あんな女と呼ばれる覚悟はできているはずだ。

しかし、その女にとっては、たぶん史恵が「あんな女」なのだろう。

史恵の行動と抗議に、雄市は開き直った。口を出すな、と大声を上げ、誰に食わせてもらっている、文句があるならここを出て行け、と眉を吊り上げた。それから、働くアテもない三十にもなる女に何ができると、最後は見縊《みくび》りを隠そうともせず、唇の端にはっきりと優越の笑みを浮かべた。

あれから三年がたっている。こうして今も雄市の妻であり続けていることに、たとえどんな言い訳を当て嵌《は》めようとも、たとえば夫は生活費を運ばせるだけの男と割り切っているとか、利用されるだけされて女に去られた時に離婚を切り出すつもりでいるとか、純也が成人して夫が定年退職した時に退職金の半分を貰って家を出るとか、そんな綿密な計画を胸の奥でたてているとしても、負けでしかないことはわかっている。

感情に蓋をして、自尊心を殺して、すべての神経にブレーカーを取り付けて、日々を過ごすことを選んだ。あの時から、史恵は「あんな女」に負けたのだ。

初七日を終えて、ようやく日常が戻りつつあった。

舅も姑も、これでよかったのだ、という思いを少しずつ自分の中に取り込んで、表情にも柔らかさが戻るようになっていた。恭二がいなくなったということを除けば、不思議とすべてが以前と同じだった。それはたぶん、自分がいなくなること以外、何もかも同じであるようにすべての準備を整えてきたのは恭二だったに違いないとも思えた。

それからしばらくして、義姉から連絡があった。

「恭二がやっかいをかけたホテルに、やっぱりちゃんと挨拶に行った方がいいと思うのよ。あの時、本当によくしてもらったの。客商売には迷惑この上ない出来事だっていうのに、嫌な顔ひとつしないで、恭二を運ぶ車の手配までしてくれたんだから」

史恵は黙って聞いている。

「でね、そのことは長男の雄市にお任せしてもいいかしら」

言葉は尋ねる口調になっているが、暗に、当然のこととの強い要求が込められている。

「わかりました。雄市さんと相談して、それはこちらでやらせていただきます」

「そう、じゃあ頼んだわね」

翌朝、トーストとコーヒーの朝食を摂りながら、要塞のように自分の前に新聞を立てて読み耽っている雄市に、その件を話した。しばらく返事がなかった。

「もし行けないなら、お義姉さんにはあなたから連絡してください」

「行かないなんて言ってないだろう」

語尾がすでに不愉快さに満ちている。

「仕事の都合を考えてたんだ。短気な奴だな」

雄市は新聞をばさばさと畳み、椅子に掛けてあった上着を羽織った。今の一言で見送りになど出たくもない気持ちになっていたが、最後のところで意地を通せない弱さが自分にはある。また、負けたと思う。どうせ負け続けているのだから、今さら負けることなど意識しなくていいと思うのに、そうできない自分が歯痒い。

「あさってだな」

史恵の差し出した靴べらを使って、靴に足を滑りこませながら雄市が言った。

「午前なら半休が取れる。朝早くに車で出れば、昼までには戻ってこられるだろう」

「何か持って行った方がいいわよね」

「そりゃそうだろ」

「何がいいかしら」

雄市は靴べらを史恵に戻すのではなく、下駄箱の上に放り投げた。

「それくらい自分で考えろよ」

そうして、一度も史恵を見ないまま出て行った。


恭二が訪れるのを心待ちにするようになったのは、いつからだろう。

雄市との諍いが、怒りのぶつけ合いから、憎しみを凍らせる沈黙に変わって、決して目を合わせず、言葉の端々に棘《とげ》を忍ばせ、自分はもう雄市によって傷つけられることは決してないと言い聞かせることが日課となった頃だったように思う。

恭二といると、ささくれた神経に柔らかなパテが塗りこまれるようだった。口をきいたこともない相手を「あんな女」と蔑《さげす》むことなど知らなかった頃の自分が蘇ってきた。

何を話すというわけではなく、恭二はいつもただそこにいた。違和感などまったくなく、もうずっと前からそこが恭二の居場所だったように存在していた。

いつだったろう、三人で昼食を摂っていた。恭二のリクエストで作った、コーンとウィンナー入りの、甘いケチャップがたっぷりかかったオムライスを食べていた。食卓を囲んで、あまりにありふれていて思い出せないような話をしながら、時々笑ったり、グラスにミネラルウォーターを注いだり、純也がケチャップをシャツにたらすのではないかとハラハラしたりした。半分開けたベランダの窓から、海風が流れ込んできてレースのカーテンを揺らしていた。確かやけに暑い日で、フローリングの床がひんやりするのが気持ち良く、三人ともソックスもスリッパも脱いでいた。

不意に、自分でも呆気にとられるような思いに囚われて、史恵は思わず恭二と純也を交互に眺めた。

「どうしたの？」

純也がスプーンを持つ手を止めて、顔を向けた。

「ううん、何でも」

恭二と目が合った。まるで自分が今思ったことを見透かされてしまったように思えて史恵は慌てて下を向いた。

純也は恭二の子だ。

もちろん、そんなことはありえない。純也が夫の雄市の子であることは間違いない。けれども、純也は雄市より恭二に似ている。驚くほど似ている。雄市と恭二が兄弟として共有している遺伝子の中の、より恭二に近いものばかりが純也に受け継がれているとしか思えない。それはもしかしたら、自分は雄市を通して恭二と交わったということになるのではないか、そんな思いに囚われた。

恭二に対する思いをどう表現したらいいのだろう。恋でもなく愛でもなく、もちろん同情でもなく、思慕のような、遠い昔の約束のような、静かで深く温かく、見捨てられた生きものが身を寄せ合うような、なすすべもなく海に流されてゆくような、生きているような死んでいるような。

恭二の思いはどうだったのだろう。もし恭二が望めば、史恵は何が起ころうと構わないとさえ思っていた。史恵がそう思っていることを、たぶん、恭二も知っていたはずだ。恭二の病で痛め付けられた身体が、男としての機能をどのように備えていたかはわからない。セックスをしたいわけではなかった。強いて言えば、それを望むこと、ただそれだけですでに交わるのと同じことだと思えた。

恭二は何も言わなかった。凪のようにいつも静かにそこにいた。

史恵がもっとも怖れていたのは、軽蔑されることだった。自分があられもなく濡れたり、尖ったりする身体を持っていることを、恭二に知られたくなかった。けれど、恭二はちゃんと知っていた。いつだって、恭二は完璧に気づかないふりをすることができたのだから。

フロントの奥の応接室で、ホテルの支配人は、思いやりに溢れた態度で雄市と史恵を迎えてくれた。

「ほとんど部屋にいらっしゃったようです。係の者に聞きましたところ、いつもとても礼儀正しく、明るく、時には冗談などもおっしゃっていたとのことでした。少しお身体はつらそうでしたが、とてもそんなことを決意して滞在されていたようには見えなかったということでした」

「本当にご迷惑をおかけしました」

雄市が頭を下げる。

「こちらこそ、何のお役にも立てず、申し訳なく思っております」

「勝手な言い分と思われるでしょうが、これでよかったのだと思っています」

支配人は黙った。

「恭二は自分の意志で最期を迎えたかったんだと思います。それが叶って、きっと満足しているはずです」

「そうですか」

「本当にありがとうございました」

長居は無用に思えた。挨拶を交わして、席を立った。駐車場まで、支配人がわざわざ見送りに出てくれた。海からの風が濃い潮の匂いを孕《はら》んで、アスファルトの上を吹き抜けていった。

「あの夜」

思い出したように支配人が口にした。

「お姿を消される夜のことです。厨房に、特別にオーダーされたお料理がありました」

車に近づいて、雄市がポケットからキーを取り出した。

「何ですか？」

雄市が尋ねる。

「それがオムライスなんです。ご注文はコーンとウィンナーが入って、グリンピース抜きの、確か人参とピーマンもなしの、甘めのケチャップがたっぷりかかったオムライスです。ぜひ、それを作って欲しいとのことでした」

史恵の足が止まった。

「めずらしいご注文でしたので、厨房の者の印象に残っていまして。それを食べられて、しばらくして部屋を出られたようです」

「最後の晩餐がオムライスか……あいつ、そんなものが好きだったのかな」

雄市が呟いている。

史恵の足は動かない。雄市と支配人が振り返った。

「どうした」

その姿が滲んで見えた。

不意に、激しい嗚咽が口をついて溢れ出た。狂おしいほどの後悔が史恵の身体を締め上げてゆく。どうして気づかなかったのだろう。恭二はいつだって、自分が気づかないふりをすることしか術《すべ》を持たなかった。それが、自分以外のすべての人間を傷つけずに済むということを知っていたのだ。

雄市と支配人がぼんやりと史恵を眺めている。

涙が塊のようにこぼれ落ち、首を伝い、服を濡らした。

恭二は死んでしまった。もう恭二はいない。

史恵は目を閉じ、恭二を思い浮かべた。あの清潔で乾いた匂いを鼻の奥に見つけ出そうとした。それから、もう気づかないふりをすることはないのだからと呟き、恭二が史恵の胸の中で、本当のことを静かに語り始めるのを待った。

# 枇杷

土曜の午後は糸を引くような湿った熱気に満ちていた。

部活動に出掛けた娘の知絵の弁当の残り物で昼食を済ませ、テレビをぼんやり眺めていると宅配便がやって来た。佳奈子は判子を持って玄関ドアを開けた。出ると、両手でちょうど抱えられるくらいの段ボール箱を手渡された。「ありがとうございます」と、横縞のポロシャツを着た配達員が愛想よく頭を下げて、トラックに戻って行く。包みに貼られた伝票を見て、ああ、と思った。今年もまたその季節がやって来た。

ダイニングに戻って、佳奈子はテーブルに箱を置いた。

届け先の名は守山修司。送り主は菅原保子。

守山はほぼ一年前にこの家を出て行った夫であり、保子は、会ったことはないが、守山の母方の伯母にあたる。結婚してから毎年、今の季節になるとこうして枇杷《びわ》が届けられた。礼状はいつも守山が出しているので佳奈子は電話さえかけたことはないが、家を出たことを守山は知らせてなかったのだろう。

受け取る前に宛名を確かめるべきだったと、今さら悔やんでも仕方ない。郵便物の転送手続きはしたものの、一年たった今も時折、誤配がある。夫が女と暮らしているマンションにわざわざ送ってやるような親切心はなく、届けられたものは佳奈子はいつもあっさり捨てていた。

しかし、この枇杷を捨てるのはさすがにためらわれた。もう昔と呼んでいい頃の話になるが、守山との結婚は、誰ひとりの祝福も得られないものだった。

あの頃、守山は結婚していて、いわば不倫の関係だったからだ。妻は守山より十歳、佳奈子よりは二十歳近くも年上で、こっそり顔を見に行った時、佳奈子には単なる老けたおばさんにしか見えず、何やら肩透かしをくらったのを覚えている。こんな女に負けるはずがないと、当然のように確信した。実際、守山の佳奈子への思いも相当のもので、まるで何かにとり憑かれたように結婚を望んだ。

今でこそ、両親とは以前の関係に戻っているが、あの頃はほとんど絶縁状態だった。守山とのことがバレて、父は激怒し、母には泣かれた。佳奈子が鎌倉の家を飛び出すと、すぐに守山も家を出て、ふたりでアパートに暮らし始めた。親不孝を考えるどころか、佳奈子には守山と交わす睦言や身体が蕩《とろ》けるようなセックス以外、頭になかった。

一年後、ようやく離婚が成立して、正式に籍を入れ晴れて妻となったが、両親からそう簡単に許されることはなかった。守山の方は親もすでになく、親戚付き合いも皆無のような人で、身内と縁が切れたような心細さの中、唯一、守山の伯母にあたる菅原保子から枇杷が届いたことが、肩肘張っていなければならなかった自分にとってどれほど救いだったかわからない。ようやく味方を得たような心強さを感じたものだ。

一時間ほどすると知絵が帰ってきた。すぐにテーブルの箱に目を止めて、

「あ、もしかして？」

と、リュックも下ろさず、箱の伝票を覗き込んだ。

「やっぱり枇杷だ」

皮肉なものだが、知絵のそういった時の表情は父親によく似ている。

「来たんだ、今年も」

「そうなんだけど」

佳奈子は短く息を吐く。

「なに？」

「ほら、一応、宛名がお父さんになってるからね」

「じゃあ、あっちの家に送るの？」

すべてを話してあるわけではないが、知絵もとうに事情は心得ている。

「それもねえ」

「いいじゃん、食べちゃえば」

あっけらかんと知絵は言った。

「いいかしらね」

「いいわよ、そんなの。関係ないじゃん。お父さん、ぜんぜん枇杷好きじゃなかったでしょ。食

べるの、いつもお母さんと私だったじゃない」

「そうね」

「開けるよ」

佳奈子が頷くと、知絵は瞬く間に紐《ひも》と包装を解いた。

箱の中から、大きさといい色といい艶といい、見事に熟《う》れた枇杷が現われた。やや酸味を帯びた、女の体臭にも似た果肉の匂いが鼻先にまで漂ってくる。

「おいしそう」

知絵が早速、手を伸ばす。

「洗ってからよ」

佳奈子は箱を奪い取るようにして、台所に運んだ。


佳奈子は化粧品メーカーに勤めている。

短大を卒業して、デパートの美容部員を五年やり、知絵を妊娠していったんは退職したものの、三歳になって保育園に入れたところで復帰した。今は主に、関東地区のデパートやショップに出向いて美容部員たちの指導をしたり、商店街やスーパーの直販店へ挨拶やセールスに回っている。

守山と出会ったのは、まだ勤め始めて二年目、銀座のデパートで販売員をしていた頃だった。

彼は輸入家具を扱う業者として、同じデパートの七階に出入りしていた。知り合ったきっかけは、同僚のひとりから「家具業者にいい男がいる。誘ってみんなで飲みに行こう」というような提案があり、それに便乗したのが始まりだった。男女数名ずつ総勢十人ほどの飲み会となり、その中で、佳奈子は瞬く間に守山に恋をした。

彼から結婚していると聞かされたのは、ふたりだけで二度食事をした後だった。

今思えば、うまく乗せられたような気がしないでもない。食事に誘う前に、既婚者であることを口にすべきではなかったかと思うが、もし聞いていたとしても、やはり出掛けて行っただろう。二十二歳の佳奈子にとって、九歳年上の守山は大人で知的でどこか翳りを持っていて、おまけに許されない恋となればひとたまりもなかった。

結局、出会ってから離婚が成立するまで三年近くかかった。自分から完璧に心の離れた夫に、妻はどうしてああも首を縦に振れないものなのだろうかと、あの頃の佳奈子には理解できなかったが、自分が当事者となった今は、あれはあれで必要な時間だったのだとわかる。すべてにおいて、大概、始まりは男が執着し、終わりは女が執着するものだ。

離婚が成立すると、その翌日には入籍した。しばらくして妊娠したが、悪阻《つわり》がひどく、口にできるものといえばちょうど伯母から送られてきた枇杷くらいのものだった。気弱になって鎌倉の両親に泣きつくと、さすがに娘に対する甘さが出てきたのだろう、時折、様子を尋ねる電話が掛かるようになった。知絵が産まれてからは、初孫ということもあり、一気に関係は修復された。

若い時は、ひどくドラマチックに始まったように思えた結婚でも、何年かたてば、どこの家族も大して変わりなくなることの不思議を覚えながらも、佳奈子は夫と娘との生活に満足していた。

守山は「いつか独立したい」と言っていた通り、小さな輸入会社を興した。手懸けた東南アジアの家具がブームに乗り、やがて倉庫を三つも抱えるほどの繁盛ぶりを見せるようになった。じきに、小さいが都内に一軒家を購入できるほどの余裕も持てた。

あの時、佳奈子が仕事を辞めて家庭に入っていればこんな結果にはならなかったのかもしれない。守山の出張が増え、時には家具の買い付けに半月以上も家をあけるようなことがあっても、仕事を持つ佳奈子には、むしろ、その方が気楽なところがあった。娘の知絵の世話だけなら負担を感じることはなく、手のかかるのはむしろ夫の方だった。

それでも、まさかその出張に女を同伴させているとは、残業と称して女の部屋に入り浸っているとは、ましてや、佳奈子と別れてその女と結婚したいなどと言い出すとは思ってもいなかった。女は守山の部下で、まだ二十七歳という。金目当てに決まっている。さもなければ、あんなくたびれた中年男と結婚したいなどと思うはずがない。他人の夫など欲しがらなくても、他にふさわしい相手はゴマンといるではないか。

それを思うたび、かつて自分も同じ道を辿って守山を手に入れたことを思い出し、口を噤《つぐ》まなければならなかった。口にすれば、自分の愚かさを自分で認めることになる。女に言葉尻を捉えられることを考えると、いたたまれなかった。

妻を捨て、新しい女に走るような男は、いずれその女も捨てる。

あまりにもセオリー通りとなった結末に、佳奈子はいっそ笑いたくなる。

翌週、鎌倉の実家で、末の弟、恭二の四十九日の法要が行われた。

幼い頃から、病気と縁の切れなかった恭二が選んだ自らの死を、姉としてやりきれないと感じる思いと、両親を独占し続けた長い時間へのわずかな反発心がないまぜになり、どこか後ろめたいような気持ちで母の隣に座っていた。

すぐ隣には上の弟、雄市と史恵夫婦が神妙な顔つきで頭を垂れている。甥の純也はまだ小さく、読経の途中じっとしていられなくて、手こずった知絵が庭に連れ出した。ここから、初夏の日差しがふたりを縁取っているのが見える。

守山は葬式に顔を出したものの、今日の席にはいなかった。先日、法要の日程を連絡すると「出るつもりはない」と電話口ではっきりと断られた。

「ごめんなさい、守山はどうしても抜けられない仕事が入ってしまって」

恭二のことで頭がいっぱいの両親に、いちいち詳しく説明しなくてもいいのが助かった。

守山が家を出たことは、まだ両親にも弟夫婦にも告げてない。言うつもりもなかった。心配をかけたくないというよりも、それが佳奈子なりの虚勢だった。結婚までの経緯を考えれば、自分の失敗をそうやすやすと晒《さら》すわけにはいかなかった。

こうなった今も、離婚を受け入れず、妻という立場に執着していることへの言い訳はたくさんある。そのひとつは、たとえば「知絵が成人するまで」だ。

もちろん、本音ではない。愛も情も、とうの昔になくしている。思いはただひとつ、離婚しないということが、守山とあの若い女を幸せにしないために佳奈子ができるたったひとつの方法だからだ。

しばらくして、房総方面へ出向くことになった。

駅前のショッピングセンターが改装し、今までの販売コーナーのスペースが倍となり、その状況を確認するためで、その後、郊外の直販店を何軒か挨拶に回ることになっていた。

リストを見た時から、佳奈子はその中の一軒の住所が気にかかっていた。毎年、枇杷を送ってくれる守山の伯母、菅原保子とほど近い場所だったからだ。

礼状は、今まで守山に任せきりにしてきたが、今年はどうすればいいだろう。枇杷は結局、知絵とふたりでほとんど食べてしまい、あと数個が冷蔵庫に残っているだけだ。今年に限って礼状が来ないとなれば、伯母は何かあったのではないかと気を揉むかもしれない。

いい機会だから訪ねてみようか。

ふと、そんな気持ちが湧いていた。結婚した時から、たったひとりの味方だった。考えてみれば守山のほぼ唯一の身内でもある。いくら結婚の経緯があんなふうだったからと言って、一度も顔を合わさないままでいるというのも不自然ではないか。せめて挨拶ぐらい、礼を述べるぐらいはしておいて当然のように思う。

そんな思いを胸の中で巡らせながらも、本当のところは、伯母をうまく味方につければ、守山を説得してあの女と別れさすことができるのではないかと、この期《ご》に及んで、そんな期待をまだ抱いているのだった。

手土産に老舗和菓子店の干菓子を買い、ボストンバッグに忍ばせておいた。店舗を回る順番をうまく調整して、伯母の家に近い店を最後に回し、そこでの仕事を終えた時は、四時を少し過ぎていた。

房総の西海岸近くにあるその町は、海の香りが木々にさえもしみついていた。バス停に降り立つと数軒の店が並んでいたが、半分はシャッターが下りていて、どんな田舎町にも共通する、時間に取り残されたような孤独が漂っていた。

佳奈子はメモしてきた番地を探して、知らない町を歩いた。たぶん、このまま行けば海に出るだろうと思われる道からそれて、緩やかな斜面となる山道に入ってゆく。

この辺りは農家が多く、家の前にトラクターや農機具が置いてある。畑や農園は別の場所にあるのかもしれない。西日が背に当たり、背中をぬるい汗が流れてゆく。

ようやく番地通りの家の前に立つことができたのだが、どういうわけか、そこの表札には菅原という名は記されていなかった。

「及川……」

どこかで聞いたことがあるような気がするが、気のせいかもしれない。

両隣と向かい、ついでに裏側に建つ家も回ってみたが、みな違う名前だった。住所を写し間違えたのだろうか。せっかく足を伸ばしてここまで来たのに、骨折り損になってしまったと、がっかりしながらふと屋根を見上げて、佳奈子は思わず声を上げた。

屋根の向こうに、肉厚の葉が見えた。深緑色の葉が海からの風に揺れて、銀色の葉裏を光らせている。見事な枇杷の木だった。表札の名は違っても、やはり菅原保子はこの家に住んでいるに違いない。

とにかく確認しようと門を入り、玄関戸に手を掛けたのだが、鍵が掛かっているのか動かない。チャイムもなく「すみません、誰かいらっしゃいませんか」と呼んでみたが、それにもまったく返事はない。どうやら留守らしい。

やはり帰るしかないかと諦めかけた時、佳奈子の声を聞き付けたのか、隣の低い塀から五十がらみの主婦らしい女が顔を出した。

「及川さんなら、お留守ですよ」

佳奈子は慌てて頭を下げた。

「どうも。そうみたいですね」

それから、塀へと近づいた。

「すみません、ちょっとお尋ねしていいですか」

「何かしら」

「こちらの及川さんのお宅に、菅原さんという女の方が住んでいらっしゃいませんか？」

「菅原さん？」

「たぶん、六十歳かそこらくらいの年齢の方だと思うんですけど」

「いないわねえ、いくら何でも喜子さんも六十にはなってないからねえ」

耳を横切った名に、佳奈子の意識が止まった。

「喜子……」

口の中で呟いてみた。風にめくられてゆくように、記憶が過去へと遡ってゆく。

「あの、こちらに住んでいらっしゃる方は、及川喜子さんとおっしゃるんですか」

女はわざとらしく声を潜《ひそ》めた。

「まあ、出戻ってきたから名前も戻ったわけだけどね。でも、結婚してた時も、菅原なんて名字じゃなかったような気がするわ」

佳奈子はゆっくりと振り返った。ここからだと枇杷の木はもっとよく見える。先の方には取り残した実がまだいくつもぶら下がっている。葉裏の密生した毛さえ見てとれる。まるで首を傾げるように、木全体が、風にゆったりと揺れている。

「もしかしたら」

佳奈子は、一度、短く息を吐いた。

「前のお名前は、守山とおっしゃったんじゃないですか」

女の顔に笑みが広がった。

「ええ、そうそう、そうよ、守山だったわ」

東京駅に向かう電車は、ラッシュと逆方向ですいていた。

席に座って、プラットホームで買ったウーロン茶を口に運んだが、喉に何か詰まったような違和感があった。

菅原保子は偽名だった。本名は及川喜子。その前は守山喜子。守山の前の妻の名前だった。

結婚してから毎年枇杷を送り続けていたのは、あの妻だったのだ。

それをどう理解すればいいのか、すぐに判断はつきかねた。守山への未練、佳奈子への執念、憎しみ、悪意。伯母から送られてきたものと信じて、毎年躊躇なく食べていたが、もしかしたらそこに何か細工が施されていたかもしれない。たとえば農薬を仕込んでおいて、少しずつ身体を蝕《むしば》んでゆくように仕向けていた可能性もないとは言えない。

もちろん守山は送り主が誰か知っていたはずだ。だから自分は決して食べようとしなかったのだ。届くたびに、喜んで皮を剝き、果汁に指先を濡らしながら枇杷を口に運んでいた佳奈子と知絵を、守山はいったいどんな気持ちで眺めていたのだろう。

東京に着き、いったん社に寄ってから自宅に帰ったのでもう十一時に近かった。家に着くと、冷蔵庫の中にまだ数個残っていた枇杷をすぐに捨てた。代わりに缶ビールを取り出し、リビングのソファに身体を沈ませて飲み始めた。腹立たしさと憎々しさと、そして恐怖に似たものが入り交じって、酔いを濁らせてゆく。どう考えても、別れた夫に十三年も枇杷を送り続けるというのは尋常なやり方ではない。未練か憎しみかは判断がつかなくても、彼女の中で守山とのことが終わっていないことだけはわかる。佳奈子の方は、彼女がどんな顔をしていたかさえも、もう定かな記憶がないほどの過去だというのに、彼女にとってはそうではなかったということだ。

少なくとも年に一度、熟した枇杷の実をもぎ取りながら、自分を捨てていった男のことを思い浮かべていたのだろう。そうして当然、その男を奪って行った女のことも。不幸になるのを願いながら。

実際のところ、彼女の願いは叶ったと言える。守山は新しい女に走り、捨てられた佳奈子はこうして臍《ほぞ》を噬《か》みながら毎日を暮らしている。

けれども、それを喜子に決して知られてはならなかった。周りの誰に知られてもいい、何をどう思われてもいい、けれども喜子にだけは、佳奈子が守山を奪った前の妻にだけは、今もなお、幸せに暮らしてると思われたかった。いいや、思わせたかった。

報いなど受けていない。罰も当たっていない。あなたの願いがどうであろうと、そんなものは私の許に届かない。叶うわけがない。

　二階から知絵が下りてきた。

「おかえり」

　と、佳奈子に眠そうな目を向け、冷蔵庫を開けて冷えた麦茶のポットに手を伸ばした。

「あれ、枇杷がないよ」

　ポットを持ったまま、知絵が振り返った。

「もう傷んでたから、捨てたわよ」

「そうだったかなあ。夕方に一個食べたけど、何ともなかったよ」

　枇杷の話はもうしたくなかった。

「晩ご飯は？」

「食べた」

「もう寝なさい」

「はあい」

　知絵が冷蔵庫を閉め、二階に上がってゆく。

　それを目で追ってから、佳奈子はビールを飲み干し、ソファに再びもたれかかった。

　別れた妻からの届け物を拒否することもできず、伯母からなどと嘘をついて佳奈子や知絵に平気で枇杷を食べさせてきた守山に、皮肉のひとつも言ってやらなければどうにも気が済まない。

　佳奈子は強ばった思いで、翌日オフィスに電話を入れた。

「私です」

「ああ」

こんな短いやりとりにさえ、すでに棘が含まれている。かつて「君と一緒になれないなら死んでもいい」などと、情熱にかられた時があったことなど信じられない。

「今年も、伯母さまから枇杷が届いたわ。ご報告までにと思って」

「そうか」

守山はもう、電話を切りたがっている。

「あなた、枇杷が好きじゃないから、私と知絵とでいただきましたけれど、よかったかしら」

「構わないよ」

「それで、お礼状なんだけど、私の方から出しておきましょうか」

少し声が慌てた。

「いや、いい。いつも通り、俺が出しておくから」

「お伺いしますけど、毎年、本当に出しているのかしら、お礼状」

「え?」

舌打ちするように佳奈子は呟いた。

「だとしたら、ふたりとも、ものすごい神経よね」

「何のことだ?」

耳に当てた受話器から守山の戸惑いが流れてくる。

「伯母さんだなんて、よく今まで騙してこれたものだわ。送り主は、あなたの前の奥さんじゃないの」

守山が言葉に詰まった。

「よくまあ、そんなものを私や知絵に食べさせてくれたわね。毒でも入ってたらどうするの。私も知絵も、死んでもいいと思ってたの？」

「まさか、何を言ってる、喜子はそんなことをするような女じゃない」

「だったらどうして自分は食べようとしなかったのよ」

「それは……そういうんじゃなくて、ただ、あの枇杷を見ると、どうにも食べられなかったんだ。何て言っていいのか、気持ちが塞いでしまってな。別に枇杷くらいいいじゃないか。悪気があったわけじゃないさ。それであいつの気が済むんだから、それでいいだろう」

「気が済む？　そんなわけないでしょう。十三年も送り続けるなんて普通じゃないわ」

守山は黙る。女の怒りには、どんな手段を講じるよりも結局黙ることが得策になると、大概の男はそう思っている。

「毎年、お礼状には何て書いてたの？　私の愚痴をこぼしてたんじゃないの。結婚して後悔しているとか、君の方がよかったとか」

「被害妄想はやめてくれ。礼状なんか一度も出してない。出すわけがないだろう」

「本当かしら」

「いい加減にしてくれ」

「そうね、あなたならそうよね、考えたらすぐにわかることだわ」

「どういう意味だ」

「どうでもいい相手には、冷たい対応しかしないってことよ」

守山は話を変えた。

「そろそろいいんじゃないか」

妻の皮肉になどいちいち応対していても、話はますますこじれるばかりだと踏んだのだろう。

「何のことかしら」

「もう一年になる」

「だから、何のこと？」

「君がこのままの態度を続けるなら、弁護士をたてることも考えてる」

佳奈子はチェストの引き出しにしまったままになっている離婚届のことを思い浮かべた。守山の思い通りに事を運んでたまるものかと思った。離婚に同意すれば、守山とあの女の幸福は揺るぎないものになる。同意しないでいる限り、少なくとも、不幸を味わうのは佳奈子だけではない。

「それじゃ」

佳奈子はそれには答えず、あっさりと電話を切った。

受話器を持ったまま、顔をしかめている守山の様子を想像し、少しだけ気分が晴れた。

『今年も枇杷を受け取った。こちらはつつがなく暮らしている。娘は十二歳になり可愛い盛りだ。枇杷はもう十分にいただいた。これ以上、受け取るわけにはいかない。もう送らないでくれないか。元気で過ごされることを、心から祈っている』

短い文章を書くのに何日も迷った。これを読んだら、喜子は何を思うだろうか。幸せに暮らしていることを突き付けられて、ようやく諦めがつくだろうか。それとも、嫉妬にかられるだろうか。かられればいい。そのために書いている。向かう矛先はどうせ守山だ。

便箋に清書するに当たって、守山の筆跡を真似しなければならない。何か守山の書いたものが残っていないか、あちこちの引き出しを開けてみたが、見事なくらい、すべてが新しい家に運び去られていた。

たったひとつ、守山自筆のものがあった。チェストの引き出しから、佳奈子は一年前に渡された離婚届を取り出した。

佳奈子はそれをダイニングテーブルに広げ、守山の字を真似てみた。性格に似てか、それとも逆か、守山の字は几帳面で小さく、角張っていて少し右上がりの癖がある。こんな字を、守山は書いていたのだろうかと、今さらながら不思議に眺めた。知らない誰かの筆跡のようにも思えた。とにかく、それを手本にしながら喜子への手紙を書き終えた。

裏書きの守山の住所を私書箱にしたのは、返事が来た場合のことを想定したからだ。ここの住所に送られては、守山の新しい家に転送される可能性もある。かと言って、正直なところ、喜子から返事が来る確率は低いと踏んでいた。

一週間ほどして、私書箱の中に白い封書を見つけた時、佳奈子は驚きと共に、空恐ろしいような気持ちにかられた。差出人名はもう菅原保子ではない。及川喜子。偽名を使わないということは、喜子はあの手紙を本当に守山からのものだと信じたのだろう。

佳奈子はいてもたってもいられない気持ちで、道端に立ち止まり、封を開いた。

『まさかという思いで、手紙を手にしました。懐かしいあなたの文字に、しばらく、ぼんやりと見入ってしまいました。ご迷惑とわかっていながら、毎年、枇杷を送り続けたこと、本当に申し訳なく思っています。結婚前、あなたがこの家に挨拶に来てくれて、うちの枇杷を本当においしそうに食べてくれたことを、両親がどれほど喜んでくれたか。結婚していた頃は、実家から送られて来る枇杷を、あなたも楽しみにしてくれていましたね。あれから実家に戻り、ここに住むようになって、庭の枇杷がいつもと変わらず果実を実らせたのを見た時、無性にあなたに食べてもらいたくなったのです。もう両親ともに亡くなり、今はひとりで暮らしています。車で三十分ほどのところに妹が住んでいるので、寂しいということはありません。あなたはお幸せそうでなによりです。娘さんが十二歳になられたとのこと。月日の流れを感じます。本当に、お手紙、ありがとうございました』

佳奈子は立ったまま、二度読んだ。

思い通り、幸せな生活をしていると知らしめることはできたが、気持ちは冷たく凍っていた。してやったりではないか、と呟いてみたが、あの枇杷の木を見上げながら、今もなお、守山に対してひっそりとした想いを抱きつつ暮らしている喜子のことを考えると、かつて、守山を奪うためなら喜子の死さえ願った自分の姿が、やりきれなさと共に過去から蘇ってくるのだった。

そんなつもりはなかった。

手紙は一度だけのつもりだった。返事を書くことなど考えてもいなかった。それでも、時間がたつにつれ、どうにも落ち着かない気持ちになり、便箋を出したり片付けたりを繰り返した挙げ句、ペンを執っていた。

『そろそろ夏も終わろうとしているが、元気で暮らしているだろうか。あなたからの手紙を、うなだれるような気持ちで読ませてもらった。今さら、男の愚かさを理由に、あなたを傷つけたことを悔やんでも、何の償いにもならないことはわかっている。今の自分の幸福は、あなたへの理不尽な仕打ちの上に成り立っていることを、もっと自覚しなければならないということを、ずっと忘れていたように思う。十三年間、枇杷を送り続けてくれたあなたの気持ちに対しても、素直に感謝の意を表すべきだった。許して欲しい』

返事は投函五日後に来た。

『あなたにそんなふうに言ってもらえただけで、どれだけ救われたかわかりません。一時期、確かにあなたを、あなたの隣にいるあの人を、憎んだこともありました。でも今となっては、そんな自分を恥じる気持ちでいっぱいです。ここでの暮らしは私に安堵を与えてくれました。今、とても心穏やかに毎日を過ごしています。過去をこんなふうに受け入れられる日々が来るとは、若い頃は、想像もしていませんでした。私の人生にあなたが責任を感じることはありません。そうなら、私もまたあなたに呵責《かしやく》を感じます。今、私はここで私なりの人生を過ごしています。どうか、これ以上のお気遣いはなさらないように』

『こんなふうに手紙を書き続けることは、却《かえ》ってあなたを煩わせてしまうのではないかと思いながら、こうしてまたペンを執ってしまった。あなたが私や、今の私の妻に対して憎しみを覚えたのは当然のことで、私はむしろ、それを知ってほっとしている。もっと憎まれてもよかったとすら思っている。あなたが今、心穏やかに暮らしているという生活を、身勝手だと思われるだろうが、羨ましく思っている私がいる。人は、どうしたら心穏やかに生きられるのか。その方法を、私はまだ見つけることができないでいる。もしかしたら一生、自分には見つけられないのではないかとも思う。あなたにひどい仕打ちをした私が、心穏やかに過ごす資格などあるはずもない。そのことがよくわかっていて、それを望む自分に呆れている』

佳奈子は書いた手紙を読み直した。

もし、これが守山から佳奈子に宛てられた手紙だったら……そんな感傷に満ちた想像など、何の役にも立たないことはわかっている。

現実の守山は、喜子どころか、佳奈子のことも知絵のこともすっかり忘れ、若い女にうつつを抜かしている。良心の呵責どころか、なぜとっとと離婚届に判を押さないのかと苦々しく思っている。

それでも、もし守山がこんな手紙を自分に送ってくれたら、あのふたりを幸福にしたくないというだけの愚かな理由で、離婚を拒否するのはもうやめようと思うかもしれない。

喜子と佳奈子自身が重なり合ってゆく。あれほどの情熱を注いだ男を、自分自身を、どうすれば忘れることができるのだろう。

今日、弁護士から電話があった。

「離婚の条件を提示して欲しい」

とのことだった。佳奈子はあっさりと答えた。

「条件などありません。離婚はしない。ただ、それだけです」

喜子との手紙のやりとりは、それから半年ばかりも続いた。

月に二度ほどの割合で手紙が届く。来ないとわかっていても、つい私書箱に寄ってしまうのが日課のようになっていた。小さな金属のドアを開けるその瞬間、ふわりと柔らかな空気が手元に流れ落ちてくる。手紙を待ち焦がれるような日が自分に訪れるとは想像もしていなかった。

手紙の内容は、回を重ねるたびに、むしろ他愛無い内容に変わって行った。今日起きたこと、たとえば、佳奈子が見上げた空に儚《はかな》げな真昼の月が見えたことを書けば、喜子もまた、枇杷の木にやってきた尾の白い鳥の話を書いてくる。

自分が守山になり、喜子が自分と重なり、かつて憎しみという沼の中で互いの足を掬《すく》いあった者同士が、少しずつ、ひとつへと溶けあってゆくのを感じていた。

終わりは唐突にやってきた。

年を越し、季節風が湿った空気を海の向こうから運び始めた頃、喜子の手紙にはこう書いてあった。

『少し事情があって、この家を離れなくてはならなくなりました。手紙もしばらく書けそうにありません。どうか、お許しください。でも、ご心配なきよう。これはかねてより計画していたことであり、いわば、予定通りなのです。この家を離れる前に、あなたとこんなふうに心を通じ合わせることができるとは思ってもいませんでした。ありがとうございました。本当に嬉しかった。今、心から感謝したい気持ちでいっぱいです。枇杷が実る頃には戻ってこれるかと思います。その時は、枇杷をお送りしてもよろしいですか。その時まで、どうぞお元気で』

もちろん楽しみに待っている、と、返事を出したが、それきりだった。喜子からの手紙はそれを最後に途絶えた。それでも私書箱はそのままにしておいた。枇杷の実が熟す頃になれば、またきっと手紙が来る。それは待ち遠しい約束となっていた。

守山との離婚話は、相変わらずだった。

喜子への手紙を書いた後は、今すぐにでも離婚届に判を押してもいいような気分になったが、弁護士から催促のような電話を受けると、瞬く間に、胸の中は強ばった。

佳奈子に対して、弁護士が言葉の端々に窺わせる脅しのニュアンスも許せなかった。身勝手にも女を作り、家を出ていったのは守山だ。なのにいつしか、別れたがっている夫が被害者に、別れを拒否する妻が加害者のような立場になっている。

「ですから、条件を」

弁護士は、何かというと、このセリフを持ち出す。条件でしか物事を計れない弁護士とは、結局、言葉の通じない相手と話しているのと同じだった。

また初夏がやってきた。

土曜日の午後、知絵を部活に送り出し、昼食をどうしようかと考えながら、ぼんやりテレビを観ているとチャイムが鳴った。

宅配便と思い、判子を持って玄関戸を開けると、淡いベージュのスーツに白い日傘を差した見知らぬ女性が立っていた。年齢は五十歳くらいだろうか。見覚えはないが、どこか懐かしさを感

「ええ、そうです。嬉しそうに、最後の最後に心を通じ合わせることができたと、それは喜んで

「私、手紙なんて……それは本当に喜子さんがおっしゃったんですか」

今、妹はこう言ったのだ。喜子は、あの手紙を書いたのが佳奈子だと知っていると。

混乱は動揺に変わった。

「姉から聞いております、あなたからたくさんのお手紙をいただいたことは」

混乱して思いがうまく言葉にまとまらない。

「あの、でも、私は」

なぜ、偽名ではなく本名を名乗っているのだろう。なぜ、喜子の妹がここに来たのだろう。なぜ、私の名を知っているのだろう。

佳奈子はすっかり狼狽《うろた》えていた。

「枇杷です。どうぞ、受け取ってやってください」

そう言って、足元に置いてあった大きめの紙袋の中から箱を取り出した。

「突然、お訪ねして申し訳ありません。姉から頼まれていたものを、お届けに上がりました」

一瞬、言葉に詰まった。

「私、及川喜子の妹です」

佳奈子は戸惑いながら尋ねた。

「ええ、そうですが。あの、どちらさまでしょう」

「守山佳奈子さんでいらっしゃいますか？」

その人は佳奈子に向かって頭を下げ、尋ねた。

じさせる表情をしていた。

いました」

「そうですか……それで喜子さんは」

「姉は、二ヵ月前に他界いたしました」

息を呑んだ。

「実は二年ほど前に宣告を受けておりまして、姉も覚悟はできておりました」

身体が前のめりになり、佳奈子はドアに摑まった。

「すみませんが、あの、とにかく、少しお上がりになっていただけませんか」

「いえ、私はお届けするだけのつもりで」

「お願いします。いったいどういうことなのか、私、まだよくわからなくて」

玄関内へ佳奈子はその人を招き入れた。スリッパを揃える自分の指が冷たかった。リビングまでのほんの少しの距離でも足がもつれそうになった。

ソファに腰を下ろし、その人は額を濡らす汗を静かにハンカチで拭った。

「お亡くなりになられたというのは、本当なのですね」

妹が頷く。

「あの手紙を書いていたのが私だということも」

「ええ、そうです」

「でも、どうして」

字も文章も、完璧なほどに守山を真似たはずだ。

「さあ、どうしてかは私にもわかりません。ただ、姉はあの人がこんな手紙を書くわけがないと笑ってました。それでいて、守山のことも私のこともここまで知っているのは、ひとりしかいない、と」

佳奈子は思わずうなだれた。

「私ったら、何てことをしてしまったのでしょう。本当に申し訳ありません。喜子さんを騙すつもりはなかったんです。いいえ、最初はそうでした。騙すというか、幸せに暮らしていることを見せ付けてやりたい、正直に言うと、そんな気持ちだったんです。守山がこの家を出て、別の女性と暮らし始めて、そんな時、守山の伯母とばかり思っていた枇杷の送り主が喜子さんとわかって、それでつい、そんな気持ちになったんです。でも、いつからかそんな思いは消えてました。喜子さんと手紙のやり取りをするのが本当に楽しくなっていたんです」

「姉も同じです。あなたとの手紙のやり取りだけが、楽しみだったんです」

そうして妹は、わずかに目元を柔らかく崩した。

佳奈子は枇杷の木を思い出していた。

葉の表面は革のように光沢を帯び、銀色の葉裏が力強く輝いていた。濃い黄身色の皮に包まれ、弾けそうに熟した実を、房総の海風を受けながら、丹念に丁寧にもいでゆく喜子の姿が、鮮やかに目に浮かんだ。

「ただいま」

知絵がリビングのドアを開けて、顔を覗かせると、すぐにテーブルの箱に目をつけた。

「もしかして、それ」

客が帰ってから、どれくらいここに座ったままでいたのかよくわからない。確かまだ天上にあった陽が、ベランダから足元にまで差し込んでいる。

「ああ、やっぱり枇杷だ。今年も来たんだね。いいでしょ、開けても」

佳奈子は黙ったまま頷く。

箱の中から、見事な枇杷が現われた。

「おいしそう。一個、もらうね」

知絵はひとつを手にし、台所に洗いに行った。それから濡れ布巾と皿を一緒に持ってきて、早速、軸に爪を立て、皮をゆっくりと剝いてゆく。

すぐに、瑞々しい果肉が現われ、知絵は少し首を傾けて、行儀悪くも果汁をすする音をたてながら、頰張った。

「おいしい、ほんと、この枇杷は最高」

佳奈子はそんな知絵を眺めている。

一個をあっさりと食べ終えてから、濡れ布巾で手を拭いながら、知絵が言った。

「でも、どうして私、枇杷がこんなに好きなんだろう。この間、クラスでいちばん好きな果物は何って話になったのね。私が枇杷って言ったら笑われたわ。みんなはイチゴとかメロンとかそういうのなの。枇杷なんて、何だか、年寄りくさいって」

「それはね」

佳奈子はようやく口を開いた。

「あなたがおなかにいた時、お母さん、この枇杷をいっぱい食べたから」

「そうなの？」

「ちょうど、悪阻がいちばんひどい時期だったの。何を食べても戻してしまって、どんどん痩せてね。そんな時、この枇杷が届いたのよ。他の食べ物は、水だって気持ち悪いくらいだったのに、どういうわけかこの枇杷だけは食べられたの。あの時、この枇杷の栄養分だけで知絵は育ったのよ。だから、きっとそのことを知絵の身体が覚えているんじゃないかしら」

「ふうん、そうだったの」

あの時、喜子がどんな思いでこの枇杷をもいでいたのか、もう知るすべはない。けれども、少なくとも憎しみを背負ったまま旅立って行ったわけではない。そのことだけは確かだと思いたい。

「ねえ、知絵」

「なに？」

「お父さんと離婚するわ」

上目遣いと共に、短い返事が返ってきた。

「うん」

「もう、意地を張るのも疲れたわ」

佳奈子は枇杷をひとつ手にした。

指を押し返す確かな弾力が伝わってくる、その力強さにふと視界がぼやけてゆくのを感じながら、佳奈子は皮を剝きはじめた。

# ドール・ハウス

揃いも揃って男運の悪い家族だと、食卓を囲みながら、鏡子はつくづく思う。

テーブルの向かい側では、今年、七十九歳になる母が、高野豆腐《こうやどうふ》の煮付けに箸を伸ばしている。その右隣では娘の聡美が、三歳になる孫の有加に切り分けたハンバーグを与えている。

秋の風が、窓枠を震わせていた。房総は温暖の地だが、海に近いこの辺りはさすがに風が厳しく、窓ガラスの向こうに、隣家の枇杷《びわ》の木のシルエットが大きく揺れている。

「ちょっと、薄いわね」

母がひとり言のように呟いた。高野豆腐の味付けのことだ。

「もう歳なんだから、それくらいがいいのよ、塩分のとりすぎは身体に毒なんだから」

鏡子は淡々と答える。

母は三十六歳の時に離婚し、それ以来、小学校の教師をしながら女手ひとつで鏡子を育ててきた。

「だめよ、有加。人参、残しちゃ」

隣では、聡美が嫌がる有加の口に無理やり人参を押し込んでいる。

二十七歳になる聡美は、二週間前、娘の有加を連れて嫁ぎ先から戻ってきたばかりだ。そうして鏡子自身、三十二歳で離婚を経験している。

「まったく、揃いも揃って……」

それは言葉というより、ほとんどため息に近い愚痴にしかならなかった。


母が離婚した時、鏡子はちょうど十歳だった。

あの時、母親からそれを知らされても、正直なところ、それほど悲しさも寂しさも感じなかった。逆に、母に手を引かれて房総の実家に戻る時、嬉しくて、ついはしゃいだ足取りになった。父に対して、肉親に対する思慕のようなものは、すでにその齢ですっかり失せていた。

ふたつの顔を持った父だった。鉄道会社に勤めていた父は、学歴も高く、順調に出世の道を歩んでいて、近所の人にも顔を合わせれば愛想良く挨拶をしたが、酒を飲むと豹変した。夜、帰ってきた父の、酔いにとろんと爛《ただ》れたように濁った目を見ると、身体が竦《すく》んだ。これから何が起こるか、すぐに察しがついた。呂律《ろれつ》の回らないまま言い掛かりとしかいえない小言を並べ、やがて自分の言葉に感情を掻き立てられるように形相を変えてゆく。母ほどではなかったが、鏡子もよく殴られた。痛いというより、熱いという感覚だった。

条件的には父は理想の男だっただろう。縁談を持ち込まれた時、母の母、鏡子にとっての祖母は、釣り書きを見ただけで決めたと聞いている。戦争があって男たちの数は極端に少なくなっていた。その中で一流の大学を出て、一流の会社に勤め、その上、婿養子に入ってくれるというのである。確かに、文句の付けようがない。

祖父となる人はもともと病弱で、母が生まれてからしばらくして病死しており、遺された財産を一人で管理していた祖母は、とにかく娘である母に、健康で優秀な婿養子を迎えたいと一心に願っていた。

母にも異存はなかった。というより、異存を唱えるような余裕すらなかった時代だったということなのだろう。

勤務地が東京である婿養子のために、祖母は都内に家を用意し、そこで生活が始まった。結婚して一年後には鏡子が生まれた。その時の祖母の喜びようは大変なものだったと聞いている。実際、鏡子も祖母に可愛がられたことを、あの頃の祖母と同じくらいの年になった今もよく覚えている。

しばらくは穏やかな日々が続いていた。父の飲酒と暴力が始まったのは、鏡子が小学校に上がった頃からだ。きっかけは、自分より下のランクの大学を出た同僚に昇進を越されたことだった。弱い人だったのだろう。一流大学出身というプライドと、周りからの期待、上司への気遣い、部下への不満、溜め込んでいたものを一気に吐き出し始めた。

田舎の裕福な家に育ち、それなりの教育も受けた母もまた、口が達者で気が強かった。父の不機嫌さがわかっていながら、時には理路整然と正論を述べ、ますます事態をこじらせた。幼心にも、どうしてわざわざ波風を立てるような方法を取るのかと、焦《じ》れったく思ったこともある。

口論から、手があがるまでにそう時間はかからなかった。

母を殴れば心のバランスが取れる、と知った時、父はどう思っただろう。恐れただろうか、安堵したたろうか。時に、男はそうやって自滅してゆくのかもしれない。

三年、そんな日々を過ごし、母はついに家を出た。離婚はさほど揉めなかったようだ。婿養子という立場もあったのだろう。慰謝料代わりに家を渡すことで呆気なく成立し、父は家をすぐに現金に換え、その後、転勤願いを出して大陸に渡ったというが、後のことは知らない。

房総の実家に戻った母は、師範学校で取得していた教師の資格をいかして、小学校に勤め始めた。性に合っていたのか、それとも離婚した女と蔑《さげす》まれたくない一心だったのか、母はそれこそ寝食を忘れるほど仕事に打ち込み、児童や親からの信頼を集めた。鏡子がそれなりの女子大に合格した頃は、世間的に「りっぱな母親」ということになっていた。

けれども、正直なところ、鏡子は母に対してもっと冷ややかな感情を抱いていた。

母は外での評判はどれだけよくても、家の中では、ただの田舎の裕福な家の我儘娘のままだった。自己中心的で、感情に温かみがない。鏡子が汚れた手で母に抱きつこうとすると「汚い」と、ぴしゃりとはねつけた。成績が悪いと「頭の悪い子ね」、可愛い服を着ると「色黒だから何を着ても似合わない」と、何をどう好意的に解釈しようと、思いやりからは程遠い言葉をいとも簡単に口にした。母にはどうやら、身内ならば胸の中にある地雷を踏んでも構わない、と思っているところがあった。それを思うと、父も父だが、母も母だったとしか言いようがない。二人にはどこか共通するものがあったように思う。

鏡子は団塊の世代に生まれ、中学の時は五十人のクラスが十五もあり、理科室や音楽室まで教室として使わなければならない状況だった。人数が多いというのは、すべてにおいて競争がつきまとうということだ。それでも、何とか受験戦争を勝ち抜き、お嬢様大学と呼ばれる女子大に入学した。

大学時代は、興味半分で学生運動に加わったこともある。理念や思想など難しいことはわからなくても、お祭り騒ぎのようなデモやストライキに好奇心いっぱいで参加した。

そこで見る男たちは、確かに刺激的な存在だったが、実際に付き合ってみると、どこか皆、父と似ていた。父と似ている、そう思っただけで、情熱は消え去った。

卒業して繊維メーカーに就職し、四年後、同僚の三歳年上の男との結婚を決めた。

結婚するなら父と正反対の男。

その思いは小さい時からずっと抱いていた。

父のようにプライドが高く、その実、気の小さい男だけは夫にしたくなかった。少しぐらい学歴が低かろうが、会社が二流だろうが、そんなことは構わない。男に必要なのは、細かいことにこだわらない大らかさだ。

その意味で、夫は理想に近い男と思えた。二流大学出身だが、それを卑下するわけでもなく、出世にきりきりしたり、必要以上に人の目を気にしたりもしなかった。人を笑わせるのがうまく、すぐに誰とでも打ち解ける。出世は望めそうになかったが、「俺が何とかする」といった面倒見のよさから周りの信頼感は厚く、彼のそばにはいつも人が集まり、明るい雰囲気が漂っていた。掃除のおばさんにもわけ隔てなく接する姿を見た時は、感動すら覚えた。この人だと思った。

積極的だったのは、鏡子の方だ。その頃にはすでに祖母は亡くなっていたが「婿養子を」という母の願いを無視して結婚し、家を出て、アパートで暮らし始めた。

母の元を離れたい、母のようには生きたくない、私は母とは違う。それをどこかで見せつけたい思いがあった。

そんな夫に、借金があると判明したのは、結婚して半年もたたない頃だった。

「ご主人、おられますか」

夜になると、妙に明るい、けれどどこか不気味さが絡みついた声の電話が続くようになった。夫は「保険の勧誘だ」と言ったが、日曜は朝の七時から始まった。夫が家にいる時は、飛びつくように受話器を手にし、ひそひそと話し込んだ。

最初はとぼけていたものの、問い詰めると「リース会社からの催促だ」と白状した。

夫自身は決して浪費家ではない。賭け事もしないし、酒もそうは飲まない。

「友達が事故にあって、仕事ができなくなった。それで、生活費を少し貸してやったんだ」

しかし友達といっても、飲み屋で顔を合わせる程度の相手だった。その程度の付き合いで、わざわざ借金してまで融通するとはいったいどういうことなのか。怒りより、呆気にとられた。

その時は、十万ばかりの金額で、定期預金を崩して返済したが、しばらくすると、長く縁のなかった親戚から借金を申し込まれたとかで、鏡子に黙って、会社に前借りしていることが露見した。詰め寄ると、夫は謝りはするのだが、どこか満更でもないふうに見えた。驚いたことに、夫は、自分ではよいことをしていると思っているのだった。

大らかさは、言い換えれば、大雑把ということだ。人を助ける、というのは、自分の状況を顧みないということだ。「俺が何とかする」と胸をたたくのは、ただのいいかっこしいだ。それに気がついた時には、もう聡美が生まれていた。

小さな借金を繰り返し、その返済のために鏡子も働きに出なければならなかった。母に泣きつけば融通はしてもらえただろうが、鏡子にも意地があった。「あんな男と結婚するから」などと、母に再び胸の中の地雷を踏まれたくなかった。

当然借金のたびに、夫婦の間で諍《いさか》いが起こった。その時々に、夫は手をついて謝り、もう二度としないと誓うのだが、頼まれたらイヤとは言えない性格はそう簡単に直るはずもなく、しばらくするとまた小さな借金が露呈した。結局、それを何度も繰り返した。

それでもまだ、多少の苦しさを我慢すれば何とかやり過ごせる程度のものだったが、聡美がそろそろ六歳になろうとする時、突然、夫が青い顔で帰ってきた。

「もう、駄目だ」

と、夫は膝を震わせた。

「すまないが、俺は今から逃げる」

それを聞いただけで、鏡子は目の前が暗くなった。

「何があったの」

「このままだとおまえたちにまで危害が及ぶ。離婚届を貰ってきた。俺はみんな書き込んであるから、おまえも書いて、明日、役所に提出するんだ。その足で実家に帰れ。もう、ここには戻ってくるな」

夫は押し入れからボストンバッグを引っ張り出し、荷物を詰め込み始めた。

「だから、いったい何があったの」

喉から声を絞り出すように、鏡子はもう一度尋ねた。

「佐川の奴」

夫が擦《かす》れた声で呟いた。

「絶対に大丈夫だと言ったのに」

鏡子は思わず叫んだ。

「保証人の判子、押したの！」

半年ほど前、訪ねてきた夫の幼馴染みという男だった。豪勢な土産を手にし、夫を散々持ち上げ、最後に白い紙を持ち出した。

「あれほど、保証人になるのだけはやめてって言ったのに」

判子は押さずに返したと、鏡子には言っていた。

「すまん」

夫はうなだれているが、荷物を詰め込む手は止まらない。

「何なのよ、何でこんなことになるのよ。勝手なこと言わないでよ、私と聡美はどうなるの、路頭に迷えっていうの。いい加減にしてよ。あまりにも身勝手過ぎるじゃないの」

「でも、もう、どうしようもないんだ」

「それでもあなた、父親なの」

「今の俺にできることは、おまえたちと縁を切ることだけだ。とにかく、おまえも早く荷物をまとめて、ここを出る用意をしろ」

鏡子は身体から力が抜けて、その場にへたり込んだ。

「早く」

とにかく突然のことでもあり、身の回りのものをまとめて、いったんビジネスホテルに逃げ込んだ。翌日には、言われた通り離婚届を提出し、それから半月ばかりそこで暮らした。当然だが、いつか金も底をついていた。

それみたことか、と言われるのがイヤで、母の世話にはなりたくない、聡美とふたりどこかで暮らしてゆきたい、と考えたが、現実はそう甘くはなかった。結局、身を寄せられる場所はひとつしかなく、房総の実家に戻ることになった。

今となってみれば、あの借金を鏡子がかぶらずに済んだことは幸いだった。

その頃、まだ母は教師を続けており、教頭にまで昇進していた。

それみたことか、とは言わなかったが、疲れきって帰ってきた娘と孫に、母は淡々と条件を提示した。

「家事いっさいを受け持つこと」

母には給料の他に、祖母から受け継いだ国道沿いの土地を大型スーパーに貸している賃料があり、生活はそこそこ安定していた。それでもすべてにおいて母の世話になるには抵抗があり、鏡子なりに働き口を探した。

けれども、慣れない生活や転校など、環境の変化がこたえたのか、その頃から聡美は、小さい時に患った喘息の発作を時々起こすようになった。鏡子は諦めにも似た気持ちで、家事いっさいを引き受けた。

そうやって始まったこの房総の家での生活だった。あの後、夫の行方は知れない。もちろん、そんなものは知りたくもない。

聡美は期待通りの子に育ってくれたと思う。

成績もよかったし、手を焼くほどの反抗期もなかった。片親ということで、肩身の狭い思いをさせたくなくて、習い事やお稽古事もたくさんさせた。鏡子にとっては聡美を恥ずかしくない娘に育て上げることだけが生きがいであり、聡美の方もそれを承知していて、期待に応えようと頑張ってくれた。中学、高校、大学と、順調に進学し、大手企業に就職することもできた。

聡美に対して、小さい時から勉強や行儀についての他に、ひとつだけ、ことあるごとに口にしてきたセリフがある。

「いい？　お調子者の男にだけは気をつけるのよ。お人好しとか、面倒見がいいなんていうのは、褒め言葉でも何でもないのよ。結婚相手は堅実な人、それがいちばん」

それから、これも付け加えることを忘れなかった。

「プライドが高いのと、健康に自信がない男もよしておきなさい」

聡美が選んだ男は、わが娘ながらよい選択をしたものだと、拍手を送りたいような相手だった。他にもボーイフレンドらしき存在はあったが、こう言っては何だが、どれも薄っぺらで大した男ではなく、結婚するなら彼以外には考えられなかった。

彼と聡美は学生時代からの付き合いで、鏡子もよく知っていた。貸し駐車場をいくつも経営する資産家の息子だったが、金廻りのよさを鼻にかけることもなく、鏡子や祖母にまで優しい言葉をかけてくれる好青年だった。

名の知れた会社に就職し、それなりに将来も嘱望されていた。いずれは財産も受け継ぐ。生活は保障されている。聡美だけは、ちゃんとした結婚を手に入れられるものと信じていた。

そう、絶対だと信じていたのに……。

ため息まじりに、鏡子は洗い物をする聡美の背に目をやった。有加は今、鏡子の隣でテレビのアニメに夢中になっている。

うまくいってないというようなことは、嫁いでから何ひとつ聞かされていなかった。

「何があったの」

と、尋ねても、聡美は口を固く閉ざしたままだった。

それでも、しつこく問いただした。理由もわからずに離婚したいなどと言われて、納得できるはずがない。あんなよい青年ではないか。あんな恵まれた結婚ではないか。

それでも何も答えぬ聡美にいい加減腹が立ち、非難するように言った。

「あんたは昔から我慢の足りない子だったわ。私が一緒に頭を下げて謝りに行ってあげるから、あちらに帰りなさい」

そう言ったとたん、堰《せき》を切ったように聡美はぶちまけた。

「おかあさんに何がわかるのよ！」

唇の端が小刻みに震えていた。

「彼はひどいマザコンよ。週に二回はあっちに寄って、ご飯を食べお風呂に入って帰ってくるわ。そうじゃない夜は、必ずお義母《かあ》さんに電話して、三十分は話してるの。彼の下着と服は、今でも全部お義母さんの見立てだし、この間なんか、ふたりで温泉の計画をたててるのよ。私と有加は抜きで。文句を言ったら、お義父《とう》さんは仕事で忙しくてお義母さんを構ってやれないんだから息子の自分が連れて行って当然だって。どうかしてるわ、異常よ、気持ち悪いくらいだわ。もう、我慢も限界よ」

鏡子は半分口をあけたまま、ぼんやりと聞いていた。

手回しのよいことに、すでに弁護士もたて、慰謝料と養育費の交渉に入っているという。そんな合理さなど当たり前の時代になったのかもしれない。

聡美こそは、幸せな結婚をして欲しいと願っていた。祖母や母や自分のような失敗は繰り返さないよう、結婚相手は慎重に選べとあれほど言い聞かせてきた。なのに、結局はこのざまだ。こうなると、うちの家系そのものが男運に恵まれないとしか言いようがない。

聡美が出戻ってきてからひと月あまり、世代の違う四人が毎日顔をつき合わせているのにも、ようやく慣れ始めていた。

ただ、母と鏡子のふたりならそこそこ暮らせるが、聡美と有加が加わると出費も嵩《かさ》み、そうもいかなくなった。

母も高齢だ。いつ何時何があるかわからない。貸している土地も、相続が絡めば手放さざるをえなくなる可能性は十分にある。聡美の方は、まだ正式に離婚は成立せず、いくらか養育費は振り込まれたようだが、慰謝料は折り合いがつかないままだ。先のことを考えると、どうにも不安になった。

そのことを聡美もよくわかっているのだろう。ここのところ、積極的に仕事を探し、あちらこちらの面接に出向いている。

気がつくと、母の姿が見えなくなっていた。いつも箪笥の上に置いてある小さな手提げと、玄関の靴もなくなっている。

最近ではめったに外に出なくなっていて、たまに出るとしても、鏡子に必ず声をかけてゆく。しばらく待ったが、いっこうに帰ってこない。母が出かけるとしたら、近所の郵便局か雑貨屋だ。とりあえず、そのふたつまで出向いてみたが姿はなく、顔馴染みの職員も店の人も、来ていないと言った。

他に母の行きそうな所を考えてみたが、これと言って思い当たる場所はなかった。道に迷ったのではないか、どこかで事故にでもあったのではないか。そういえば最近、物忘れがひどくなったようだ、もしかしたら惚《ぼ》けの症状でも出始めたのではないか……などと、考えるほどに不安が募《つの》った。警察に電話した方がいいかもしれないと思案していると、聡美が帰ってきた。

「おばあちゃんがいないのよ」

聡美の反応は、いたってのんびりしたものだった。

「足腰はしっかりしてるんだから、そのうち帰ってくるわよ」

この子のこういうドライなところが、もしかしたら相手のマザコンだけではない、離婚の原因になったのではないかと思う。

あと一時間待って、帰ってこなかったら警察に連絡しよう。

それまでにあと五分という時になって、電話が鳴った。

「こちら、〇〇小学校ですが」

そこは母が二十年近くも前に教鞭をとっていた小学校だった。

「えっ、はい、何か」

「そちらに筒井絹子さんという方、いらっしゃいますか」

息《せ》急き切って答えた。

「母です」

「よかった。実はこちらにいらしてまして」

「え？」

一瞬、言葉に詰まった。

「そこに、母がいるんですか？」

小学校までは歩いて十五分ほどの距離だ。

「ええ、そうなんです」

声が戸惑っている。

「どうしてまた」

「それが、何と言っていいか、国語の授業をするとおっしゃって」

母はかつて国語の授業を得意としていた。

「失礼とは思ったんですが、鞄の中を調べさせていただきました。そうしたら保険証が入ってたものですから、それで番号を調べてご連絡を」

「申し訳ありません、すぐ、迎えに行きます」

鏡子は聡美に簡単に事情を話し、慌てて玄関を飛び出した。

職員室の隅のソファで、母は背筋を伸ばし、国語の教科書を読んでいた。

「すみません、すっかりご面倒をおかけしまして」

鏡子は深々と頭を下げた。

「うちはいいんですよ。私、さっきお電話した者です」

ひとりの女性教師が、にこやかに近づいてきた。

「本当にありがとうございました。急に姿が見えなくなって、心配してたんです」

「もしかして、おかあさまは、かつてここで教えていらしたんですか？」

鏡子は頷いた。

「もう二十年も前のことになりますけど、最後の赴任校でして」

「ああ、だから色々とお詳しいんですね。調理実習室とか木工室とか、掃除が行き届いてないと叱られました」

教師の言葉に、鏡子は首をすくめた。

「本当にすみません」

「いえ、こちらこそ恐縮しました」

「じゃあ、連れて帰りますので」

鏡子はソファに座る母に近づいた。

「おかあさん」

声をかけると、母がゆっくり顔を上げた。

「あら、鏡子、どうしたの」

「どうしたもこうしたも」

言いかけて、鏡子は口を噤《つぐ》んだ。母の目にはわずかに焦点がずれたような、けれどもやけに穏やかな光がたたえられていた。それは鏡子の知らない母だった。母はいつもこんな目で子供らを眺めていたのだろうか。

「とにかく、帰りましょう」

「ああ、そう、もう放課後なのね」

母がソファからゆっくり立ち上がる。鏡子は手を伸ばし、母の手を取った。

「それじゃ、みなさん、どうもお世話をおかけしました」

鏡子が挨拶すると、職員室にいた何人かの教師たちもわずかに頭を下げた。先程の教師が気を遣ってわざわざ見送りに出てくれ、三人並んで玄関に出たところで、ひとりの少年が駆け寄ってきた。三年生ぐらいだろうか。

「あれ、ばあちゃん、帰るの？」

「はい、帰りますよ」

答えながら、母は少年の頭の上に手を載せた。

「東田くん、だめよ、女の子のスカートなんかめくっちゃ」

少年は顔を赤くして抗議した。

「そんなことしてないよ。それから、さっきも言ったろう、僕は東田なんて名前じゃないって」

「さぼらないで、ちゃんと掃除もするのよ」

「さぼってなんかないよ。ねえ、ボケてるよ、このばあちゃん」

少年は教師に言い、教師は慌ててたしなめた。

「こら、何てことを言うの。いいから、保井くんはもう行きなさい」

少年は首をすくめ、それから母の顔を覗き込むようにして「早く、治せよ」と言うと、くるりと背を向け走って行った。

「すみません、失礼なことを」

「いいんです」

「最初にあの子が運動場で声をかけられたらしいんです。『東田くん、掃除をさぼっちゃいけない』って。ほんとにさぼってたらしいんですけどね。その後、職員室にお連れしたんです」

「そうだったんですか」

下駄箱でスリッパから靴に履き替えた。

「いろいろとありがとうございました」

鏡子は母の手を握ったまま、深く頭を下げた。


母の行動には、やはりショックを受けていた。

まさか母が、という思いと、もうそうなっても不思議ではない歳になったのだという思いが、交互に鏡子の胸を塞《ふさ》いだ。これからますます目が離せなくなるだろう。介護の問題が、ついに自分の身にも降りかかってきたというわけだ。

一方、聡美は最近、苛々していた。

離婚は決めたものの慰謝料で揉めていて、その上、あちら側は有加を引き取りたいと言ってきたらしい。有加を渡さないためには、それなりの安定した生活を確保しなければならず、そのためにも毎日必死に職探しをしているのだが、まだ決まらない。

「結婚する時、あいつとお義母さんが、どうしても家に入って欲しいって言うから、勤めていた会社を辞めたのよ。経済力をなくせば、女は従順になると踏んでたのよ、これじゃ嵌《は》められたも同然だわ」

聡美がそんな調子なので、有加もいつもぴりぴりしていて、ちょっとしたことで癇癪を起こしたり、突然泣き出したりする。

今日もお風呂から上がると、茶の間で聡美が有加を叱っていた。

「だって、ないものはないんだから、仕方ないでしょう」

聡美のきつい声が「やだ、やだ」という有加の泣き声と重なり合っている。

「どうしたの」

鏡子が声をかけると、聡美はふいっと顔を背けた。

「いいの、放っておいて。この子の我儘なんだから」

「やだ、やだ、あれで絶対に遊びたいんだもの、あれでなくちゃいやなんだもの」

有加もまた頑として譲らない。

「あれって、何？」

「ドール・ハウスよ」

「何それ？」

「お人形のためのミニチュアの家。二階建てで、キッチンとか居間とか寝室なんてのがあるの。

有加のお気に入りのおもちゃだったのよ」

「あれがいいの、有加、あれで遊びたいの」

「もう寝る時間でしょ！」

聡美の厳しい声が飛ぶ。

「やだ、あれがないと寝ない」

強情さは曾祖母譲りなのか、聡美譲りなのか、それとも。

「わかったわ、じゃあひとりで起きてなさい。夜中にゾンビが出てきたって、ママ、知らないからね」

「え……」

有加は急に怯えた顔をした。

「ゾンビが有加をさらいにきても、ママは絶対に助けてやらないから」

有加の顔が恐怖に歪む。鏡子は思わず有加を手招きした。

「おいで有加。大丈夫、ゾンビなんかいないわよ。おばあちゃんが守ってあげるから」

何と言っても孫はかわいい。有加がしがみついてくる。鏡子は聡美に顔を向けた。

「脅かしちゃかわいそうでしょ、有加、本当に怖がってるじゃないの」

それに対して聡美がぴしゃりと言い返した。

「中途半端に甘やかさないで。後で大変な目に遭うのは私なんだから」

鏡子は呆気にとられたように、聡美を見返した。聡美は立ち上がり、腰に手を当てて有加を見下ろした。

「いい、有加。それでね、ゾンビは有加のこと食べちゃうんだから。頭のてっぺんから、がりがりってね。血なんかだらだら流れるんだから。それがいやならちゃんとママの言うことをきくの。わかった？」

そうやって、屈服させるような形で、聡美は有加を部屋に連れて行った。

気をつけているつもりなのだが、時々、母は家を抜け出した。

大抵は途中で追いついて、連れ戻すのだが、そんな時、母はひどく落胆の表情をした。時には「授業があるのに」「生徒が待ってるのに」と、抗議の言葉を向けられた。

今日も、母は玄関で靴を履きだしている。

「どこに行くの」

と、尋ねると、背を向けたまま困ったように手提げ袋を胸に引き寄せた。

「別に、どこにも」

「また学校？」

「んと、ううんと、んん……」

母らしくない、いかにも年寄りじみた、くぐもった声に不意に胸を衝かれ、鏡子は思わず言っていた。

「学校なら、私も一緒に行っていいかしら」

「あら」

母は少しばかり驚いた表情で振り返り、それから小さく頷いた。

「いいけど」

「だったら有加も連れて行かないとね」

聡美は朝から職探しに出かけていて、鏡子が有加を預かっていた。

「ちょっと待ってね、今、有加にも用意させるから」

運動場の隅にあるベンチに腰を下ろして、三人で体育の授業を眺めた。男子女子が入り混じって、サッカーをやっていた。

「私もやりたい」

と、有加が今にも飛び出しそうにしている。

「小学校に入ったらね」

「いつ入れるの？」

「そうねえ、まずは幼稚園に行って、それからね」

「そっか……」

母は黙って子供たちを眺めている。その表情はひどく満足そうだ。

そう言えば、教師をしている母の姿を一度も見たことがなかった。小さい頃から祖母に育てられ、母に甘えた記憶も、甘やかされた記憶もほとんどない。生意気な年頃になると、鏡子はもう母を否定していた。母は確かに気が強く、実の子供に対しては容赦ない言葉を向けるようなところがあったが、それを嫌うというより、母が娘を必要としていないことを認めるのが、鏡子自身怖かった。

体育の授業が終わり、生徒たちは運動場から引き上げて行った。さすがに長く外に座っていると、身体も冷える。

「おかあさん、そろそろ帰りましょうか」

「でも、次は国語じゃなかったかしらね」

母の言葉に、仕方なく嘘をついた。

「算数って聞いたけど」

「おや、そうだったかね」

手を差し伸べると、母が鏡子の腕に体重をかけ、ゆっくりと腰を上げた。その思いがけない軽さに、ふと胸を衝かれた。

有加と三人、裏門に向かって歩き始めると、校庭から少年が駆けてきた。

「ばあちゃん、また来たんだ」

三人とも振り返った。

「あら、君は」

「東田くんじゃないの」

母が名を呼び、少年は口を尖らせた。

「やだなぁ、まだ言ってるよ。僕は保井登。ばあちゃん、まだボケ治ってないのかい」

その抗議も母には通じない。

「東田くん、この間、女の子の着替えを覗いたでしょう、駄目よ、そんなことしちゃ」

少年は目を見開いた。

「何で、そのこと……」

それから、慌てて首を振った。

「してないよ、そんなこと」

「君は女の子が好きだからね。でも、ちゃんと勉強もしないとね」

「僕じゃなくて、それは東田って奴のことだろう」

鏡子は苦笑しながら、間に割って入った。

「ごめんなさいね、あなたのこと、すっかり東田くんっていう子と勘違いしてるみたい」

「誰？　東田って」

「さあ、おばさんにもわからないけど、たぶん、おばあちゃんがここで先生をしていた時、受け持ってた生徒なんじゃないかな」

「ふうん。まあ年寄りだから許してやるけどさ。それで帰るの？」

「ええ」

「また、おいでよ」

「あら、いいの？　迷惑じゃないの？」

「いいよ、そんなの」

「やさしいのね」

少年はちょっと照れた顔をした。

「まあね」

少年に見送られながら、三人は学校を後にした。

それから時折、母は思い出したように学校に行きたいと言った。

特別に用事がない時や、天気のよい日、三人で散歩がてら出かけるようになった。一時間ほど、運動場のベンチに腰掛けて体育の授業を見るか、校庭を一周すれば母の気は済む。最近では、有加も楽しみにしていて「今日は行かないの？」と催促されることもあった。

そんなことを繰り返しているうちに、あの少年だけでなく、顔見知りの子供も何人か増えてきていた。たまたま休み時間と重なると、校庭に出てきた子供たちに取り囲まれてしまうこともあった。

母は幸せそうだった。にこにこ笑って、子供たちの話を聞いている。こんな幸せそうな母の顔をずっと知らなかった自分を、鏡子は少しせつなく思った。

二階から、聡美の叱責の甲高い声と、有加の激しい泣き声が聞こえてきた。

仕事が見つからず、苛々している聡美の気持ちはわからないでもないが、このところ、聡美は少し有加に対してきつく接し過ぎる。

鏡子は思わず階段を昇って行った。

「どうしたの、何があったの」

襖を開けると「おばあちゃん」と叫んで、有加が飛び付いてきた。

「おかあさんには関係ないことよ」

「関係ないってことはないでしょう」

それから、敷いてある布団に目をやった。丸いシミが広がっている。

「あら、おねしょしたの。いいじゃないの、それくらい」

聡美は顔を向けもせず、言った。

「おねしょぐらいいいわよ。それくらいで、私も怒ったりしないわよ」

「じゃあ、何？」

「有加、嘘をつくのよ」

「嘘？」

「そう、このおねしょは自分がしたんじゃないって。小さな猫が布団の中に入ってきて、それがしたって」

鏡子にしがみついたまま、有加は言った。

「だって、本当なんだもん」

「へえ、そうなの、猫が入ってきたの」

鏡子が頭を撫でてやる。

ヒステリックに聡美は叫んだ。

「いい加減にしなさい！　嘘はやめなさいって言ってるでしょう。どうして自分がしたって正直に言えないの。嘘をつくとね、地獄におちて閻魔様に舌を抜かれるのよ。あなたみたいな子が、大きくなって、警察に捕まるような悪い子になるんだわ」

有加はますます鏡子にしがみついた。

「違うもん、違うもん、有加、嘘なんかついてないもん」

たまりかねたように、鏡子は有加を階段へと押しやった。

「有加、下の大きいおばあちゃんの部屋に行ってらっしゃい」

有加が頷き、階段を下りてゆく。

鏡子は部屋に入り、後ろ手で襖を閉めて腰を下ろした。

「聡美、いくら自分の子でも、あんなことを言っちゃいけないわ。少しは叱り方ってものを考えなさいよ。あれじゃ有加が萎縮してしまうだけ。さっきの猫の話だけど、小さい頃にはよくあることよ、それだけ想像力が豊かだってことなのよ。嘘というのとはちょっと違うの」

聡美は答えない。

「そりゃあ、あなたも大変だろうけど、子育てっていうのはね、もっと大らかな気持ちでやらなきゃ……」

「やめてよ！」

突然、聡美が叫んだ。

鏡子は驚いて顔を向けた。

「おかあさんに、子育ての説教なんかされたくないわ。自分はどんなりっぱな子育てをしたって言うのよ。おかあさんに育てられた私を見ればわかるじゃないの」

思いがけない反撃に、鏡子は言葉を失った。

「そうでしょう、おかあさんは子育てに失敗したのよ。それなのに何よ、えらそうに大らかな気持ちで子育てしろなんて言わないでよ。私は大らかなおかあさんなんか見たことないわ。いつだって、口を開けばおとうさんの悪口ばかり。自分は運が悪いとか、おばあちゃんに愛情なく育てられたとか、そんな愚痴ばっかり並べ立ててたじゃないの。本当にうんざりだった。聞きたくもなかった。私がこういう性格に育ったのは、みんなおかあさんのせいよ」

ぼんやりした。何か言わなければと思いながら、どうにも言葉を見つけることができなかった。

「結婚相手にしても、あんなのは駄目、こんなのは駄目って難癖ばっかりつけて、それでおかあさんの勧める通りの男にしたら、結局はこのザマじゃないの。どうしてくれるのよ、私の人生をめちゃめちゃにしたのはおかあさんじゃないの。私の人生、返してよ！」

そう言って、聡美はいきなり畳につっぷして泣き出した。

鏡子はしばらくそんな様子を眺めていたが、足元が抜け落ちるような脱力感に包まれて、部屋を出た。それからやっとの思いで自分の部屋に辿り着くと、呆《ほう》けたように座り込み、うなだれた。

まさか、聡美がそんなことを考えているなどと思ってもみなかった。一生懸命、育ててきたつもりだった。聡美によかれと思ったことはみんなやった。母に構われなかった自分を顧みて、聡美には寂しい思いをさせないよう、突き放したりしないよう、それぱかり考えていた。聡美の喘息が再発した時は、鏡子が点滴を受けるほど看病に明け暮れた。みんなわかってくれていると思っていた。

確かに、夢を託したところはある。けれど、親なら当然ではないか。少しでも人より優秀であってほしい、幸福になって欲しい。そう望むことは非難されることだろうか。付き合っていた男の子たちにしても、難癖をつけたわけじゃない。ただ、聡美には自分のような、母のような、不幸な結婚をさせたくなかった。その一心だった。

今でこそ、離婚など珍しいことではないかもしれないが、鏡子の頃は、まだまだ偏見と戦わなければならなかった。「父親がいないから」、そんなふうに言われたくなくて、聡美を守るのに必死だった。

それもみんな、無駄だったというのだろうか。聡美にとっては迷惑なこと、余計なお世話だったというのだろうか。聡美の言ったように、私は子育てに失敗したのだろうか。

「あの、おかあさん」

襖の向こうで、ためらいがちな声がした。

「なに……？」

まだ言い足りないことがあったのかと、鏡子は身を竦《すく》ませるような気持ちで振り向いた。

「あのね、有加がいないの。それと、おばあちゃんも」

「えっ」

鏡子は慌てて立ち上がり、襖を開けた。

聡美が、鏡子と目を合わさないよう俯き加減に立っている。

「靴もないし」

「きっと、学校に行ったんだわ」

「学校？」

わずかに上目遣いをした。

「おばあちゃんが昔に勤めていた小学校よ。最近、三人でたまに遊びに行くようになってたの。ふたりだけで行ったのね、すぐ追いかけなくちゃ」

そう言うと、鏡子は取るものも取りあえず、玄関を飛び出した。もちろん聡美も後からついてきた。

小学校に着いたものの、運動場にも校庭にも二人の姿はなかった。しばらく探し回った後、鏡子は二階の職員室に顔を覗かせた。

「あの、すみません」

「はい」

顔を向けてくれたのは、あの女性教師だ。

「筒井です。いつもお邪魔してます」

「ああ、そんなこと、いいんですよ」

「あの、今日、母と孫は」

「はい、おいでになってます」

教師は笑顔で、椅子から立ち上がった。

「でも、運動場にも校庭にも見当たらなくて」

「どうぞ、ご案内しましょう」

連れていかれたのは三年四組というプレートが掛かった教室だった。

「ほら、あちらに」

教師に言われるまま、後ろの引き戸のはめ込みガラスから中を覗き込むと、子供らに混じって、背筋をしゃんと伸ばした母と、神妙な顔つきの有加が座っているのが見えた。

「あ……」

「やだわ、おばあちゃんも、有加も」

鏡子は慌てて頭を下げた。

「すみません、勝手に入り込んで」

教師は首を振った。

「違うんです。保井くんが中に入ってもらおうって言ったんです。そうしたら、他の子供たちもみんなそれがいいって言い出しましてね。正直言って、意外でした。子供たちって、大人なんかよりずっと柔軟性があるんですね。おばあさんの存在は、あの子たちにもいい刺激になっているようです。近頃、お年寄りと接する機会が少ないですから」

聡美がため息混じりに呟いた。

「有加が、あんなお利口にしてるなんて。家では、少しもじっとしてないのに……」

「あと十五分ぐらいで授業が終わります。それまでお待ちいただけますか」

「わかりました」

「じゃあ、私はこれで」

その時間を、鏡子と聡美は校庭のベンチで待つことにした。今日は風がないせいか、寒さをあまり感じない。

こうして座っていることが、どうにも気まずくて、ふたりとも黙ったままでいた。

鏡子の胸の中に、聡美から投げつけられた言葉が蘇ってくる。それは冷たい雫《しずく》となって身体の奥底に落ちてゆく。今、こうして隣に座る聡美と、幼い頃、鏡子にまとわりついて離れなかった聡美は、本当に同じ娘だろうか。娘はいつから母を拒み、母はいつから娘を他人と割り切ればいいのだろうか。

気がつくと、聡美は泣いていた。

顔を覆おうともせず、はらはらと溢れる涙に頬を濡らしている。わずかに肩が上下して、嗚咽《おえつ》をこらえているのがわかる。

涙の意味を、問うつもりはなかった。

聡美はまだ混乱の中にいる。混乱は時折、人をひどく刺々《とげとげ》しく、そして脆《もろ》くさせるものだ。

鏡子は聡美の背に手を回した。それから、子供をあやすように、何度も小さく叩いた。


聡美の離婚が成立し、家の中は、引き取ってきた家財道具でいっぱいになった。

有加が離婚のことをどう理解しているかはわからないが、念願のドール・ハウスが手元に来てご機嫌だ。

曾祖母、祖母、母と三代の肉親に囲まれて、早速、有加はセットし始めた。一階はキッチンとリビング、二階は寝室がふたつ。ダイニングテーブルや、ソファセットや、揺り椅子、天蓋つきベッド、猫足のバスタブを所定の場所にセットしてゆく。おもちゃといえども、なかなか凝ったデザインだ。

セットし終わると、今度は四つの人形を取り出した。

「これが大おばあちゃんね、それで、これがおばあちゃん、これがママ、で私」

そう言って、それぞれの位置に置いてゆく。それから最後に、一体の男の子の人形を取り出した。

「あら、それは誰？」

一瞬、パパかと思ったらしく、聡美がためらいがちに尋ねると、即座に「保井のおにいちゃん」という答えが返ってきた。

「おにいちゃんって？」

有加に代わって、鏡子が説明した。

「小学校で、親切にしてくれた男の子がいたでしょ。おばあちゃんと有加を教室に入れてくれた子よ」

「ああ、あの子ね」

「私ね、大人になったら保井のおにいちゃんのお嫁さんになるの」

有加が得意げに宣言した。

「ふうん」

聡美は鏡子を振り返った。

「ねえ、おかあさん、その男の子ってどんな子？」

「そうねえ。将来きっとハンサムになると思うけど」

「けど？」

「もしかしたら、ちょっと女の子に興味を持ち過ぎる男になるかもね」

聡美は長く息を吐き出した。

「困ったわね、有加にだけは幸せな結婚をしてもらいたいって思ってるのに」

それからドール・ハウスに夢中になっている有加を眺め、思いあぐねるように肩をすくめた。

# 桜舞

隣接する私大跡地にマンションが建つ、と教えてくれたのは隣の奥さんだ。ただのマンションではない。高さ百メートル、世帯数三百戸余りも入る、超高層マンションだと言う。

「だって、そこは公園になるって」

雅恵は驚くというより、信じられない思いで目をしばたたかせた。

「そうなのよ、私もそう聞いてたのに話が違うからびっくり。それでね、うちのマンションの住人たちが団結して、反対運動を起こそうって話になってるらしいの。そりゃあそうよね。そんなものが建ったら、私たちの生活、めちゃめちゃにされるものね。断固反対しなくちゃ。もちろん、新川さんも参加するでしょう」

「ええ」

そんなものなど建ってもらったら困る。跡地は雅恵の部屋の東南に向いたリビングに面していて、陽が入らなくなるのは容易に想像できた。目の前に建つとなれば圧迫感も計り知れないだろう。

三年前、この中古マンションを買おうか迷っていた時、不動産屋の若い営業マンはこう言った。

「お隣の跡地は、都が買い上げて、公園になる予定です。見晴らしはいいし、陽はたっぷり入るし、確かに駅まではちょっと遠いですけど、お値段から言っても、文句の付けようのない物件だと思いますよ」

築十二年と古かったが、二階の雅恵の部屋からは広大な跡地が見下ろせた。そこにはヒマラヤ杉や欅《けやき》といったさまざまな樹木が植わっていて、瑞々《みずみず》しい葉を繁らせていた。雅恵は、ベランダの目の前にある木を指差した。

「これ、桜ですよね」

雅恵は不動産屋の営業マンを振り返った。

「ええ、春になると見事に咲きますよ。僕も何度か見たことがありますが、それはもう本当にほれぼれするくらい」

その言葉は嘘ではなかった。

春、桜の木はまるでそれ全体がひとつの花となったように、薄桃色の花をみっちりと惜しげもなくつけた。その時期には開け放した窓から部屋の中に花びらがはらはらと舞い込んできて、雅恵は嬉しいため息をつかなければならなかった。

「桜の木はどうなるのかしら」

「さあ、そこまではわからないけど」

もし、伐採されるようなことがあったら。

この桜の木があるからこそ、古くても、ローンがきつくても、ここに住んでいられるというのに。

隣の奥さんと別れ、部屋に入っても、雅恵は臍《ほぞ》を噬《か》みたい気持ちだった。

ベランダに出てみると、桜の木の黒いシルエットが、始まったばかりの夜の中で一段と濃く浮かび上がっている。

ようやく心穏やかに毎日を過ごせるようになっていた。過去をなかったことにし、自分を平静に繋ぎ止めるには、時間だけでなく、環境も必要な条件のひとつだった。

実際、ここに引っ越してから、長く続いていた動悸やめまいに襲われることも少しずつ減り、今ではほとんど治まっていた。どれだけ検査を受けても、悪いところは何もないと言われてきた症状だ。医者は仕方ないといったように、不定愁訴、または、自律神経失調症という、曖昧な病名をつけた。

たぶん、その通りなのだろうと、雅恵も思う。身体の中にある身体とは呼べない部分が、ひずみをきたしていたに違いない。ここに越してくるまで、ずっとそんな状態が続いていた。

ベランダから部屋に戻り、夕食の準備を始めた。ひとり分の食事を作るのは面倒だが、あの頃医者から「とにかく、バランスの取れた食事を摂ること」と言われ、その通りにすると、確かにいくらか身体が楽になった。その前が、ひどい食事だったせいもあるかもしれない。ひどいというより、ほとんど食べ物に興味が向いていなかった。

教師という仕事柄、昼は子供らと給食を食べなければならない。今となってみれば、その給食があったおかげで何とか身体が持っていたとしかいいようがない。

夕食は、ひとりで作ってひとりで食べた。ちゃんと観ているわけではないが、テレビはいつも点けっぱなしにしている。話し相手がいないことには慣れても、沈黙にはいつまでも慣れない。テレビはお喋りなだけの面倒な女友達のようなものだが、今の雅恵には、それでもいないよりかはマシだった。

引っ越しとほぼ同時期に、北区から目黒区の小学校に移った。

千葉の房総の小学校に半年ばかり研修に出ていて、今年の春に戻ってきたが、ここは雅恵にとって四度目の職場となる。教師になってから十四年。だいたい三年から四年に一度の割合で転任を繰り返している。

今、受け持っているのは六年生だ。六年生ともなれば、大人と見間違うほどの成長した身体を持つ生徒もいる。口も達者で、時折、雅恵が返答に詰まるようなことを言い出す。たとえば「援助交際がなぜいけないのか」というようなことだ。

時折、その生意気さに閉口したが、一年生を受け持つよりかはまだ気が楽だった。

身体の半分ほどもあるランドセルを背負って、息を弾ませながら登校してくる一年生はほほ笑ましいものだが、子供というよりまだ幼児に近く、授業を始める前、いつまでも騒々しくまとまりのつかない子供らをなだめたりすかしたりしながら机の前に座らせるだけでエネルギーを使い果たさなければならなかった。三十代も半ばを超えると、気力ばかりでなく体力的にも、荷が重く感じられてしまう。

実際、向かいの席の雅恵より五歳ばかり年下の女性教師は、今年はじめて一年生の担任になり

「とにかく毎日ぐったり」と、しょっちゅうこぼしている。

時々、思うことがある。

どうして自分は教師などという職業を選んでしまったのだろう。都の教員採用試験に合格した時は嬉しかったが、今となってみれば、自分を誤解していただけのように思う。まっさらな子供らに、まっとうな顔をしてものを教えるなど、とてつもなく不遜なことをしているような気持ちになって、後ろめたくなる時がある。

確かに子供らは可愛い。けれども時々、憎らしくなる。憎らしくなるのはまだいい方で、動くだけの無機質な物体のようにさえ思える瞬間がある。そんな時、雅恵は心底、教師になったことを不安に思う。

その上、教師は生徒たちと顔を合わせていればいいというだけのものでもない。参観日や各行事となれば、保護者とも向かい合わなければならない。

特に六年生ともなれば、個人の差というものが明確になってきて、両親は将来への期待と不安に揺れる。自分の子供の出来はどうなのか、周りの子供に遅れてはいないのか、熱心に結論を引き出そうとする。確かに身体は大人に見えても、呆れるくらい口が達者でも、本当のところはまだ頭蓋骨の形も決まっていない子供ではないか。将来のことなんて、わかるはずもない。

それでも、雅恵はひとつひとつ丁寧に答える。

「大丈夫ですよ。〇〇ちゃんは利発で物事を理解する力に長《た》けていますから、何も心配する必要はないと思います」

〇〇ちゃん、の部分を別の生徒の名に替えてほぼ同じように答えれば、大概の両親は納得した。

数日後。

自宅に戻り、リビングで一息ついていると、チャイムが鳴った。ドアスコープの向こうに、隣の奥さんの姿が見えて、雅恵は慌ててドアを開けた。

「何でしょう」

「今夜の八時からの集会、新川さんも行くでしょう」

一瞬、何のことかわからなかった。

「ほら、隣のマンションの件よ。集会場で決起大会をやるって、チラシがおととい入ってたじゃない」

「ああ」

思い出した。確かに、そんなことが書かれたものがポストに入っていた。

「忘れてたの？」

その目には、無関心は許さないといった、わずかながら脅迫めいた色が滲んでいた。通常の管理組合の集まりは委任状で逃げることができるが、今回はそうもいかないようだ。

「すみません、今、帰ってきたところなので、着替えてから行きます。先に行っててもらえますか」

「じゃあ、席をとっておくわね」

意味のないおせっかいをやきたがる人間というのは、どこにでもいるものだ。無下に断ることもできず、雅恵は頭を下げた。

「すみません、じゃあよろしくお願いします」

おなかもすいているし、今日は五限目に体育があって汗だくになったので、お風呂にゆっくりつかりたかった。けれど、集会場の中で、自分のためにとっておかれた席がいつまでもあいている様子を想像すると、行かないわけにはいかなかった。

集会場に出向くと、そこはすでに住人たちで溢れていた。夫婦揃って、また子連れの姿もあり、三十戸足らずの小規模マンションに、こんなに人が住んでいたのかとびっくりした。

ドア付近でうろうろしていると、前の中央近くの席から隣の奥さんの声がした。

「新川さん、こっちこっち」

手をひらひらさせて、雅恵を呼んでいる。

人も多いし、このまま後ろで立っていても構わないのだが、頼んだ手前もあって「すみません、すみません」と、腰を折って人の膝前を抜け、席に着いた。

「これ、説明書ね」

「どうも」

「これを見たら、ますます腹が立ってきたわ。隣に住む私たちのことなんか、お構いなしなんだもの」

雅恵は説明書に目を落とした。

新しいマンションは、南側に広く庭を取るせいでぎりぎり北側へ寄せてある。想像以上に接近していて、思い浮かべただけで息苦しい。

やがて、自治会の会長が前に立ち、説明を始めた。

最初は冷静だったが、だんだんと熱を帯びてきて、最後は涙声にすらなっていた。

「近隣の住人を犠牲にするようなマンション建設など、許せるはずがありません。断固阻止に向け戦いましょう」

あちらこちらから拍手が湧き起こった。

不思議なものだ、普段はゴミ捨てや、何階の誰々さんが禁止のペットを飼っているなどと、小さな揉め事がたえないのに、まるでそんなことなどなかったかのように、互いに顔を見合わせ力強く頷きあっている。

会長の説明からすると、建築を請け負っているのは大手のゼネコンで、分譲は名の知れた不動産会社が手掛けているという。両社とも、不良債権が表面化しているが、だからこそ必死なのだろう。たかだか隣の古びたマンションの住民の反対くらいで、今さら引っ込めるような計画とは思えなかった。それに、都の認可もすでに下りていて、日照権にしても、規定された日照量は確保すると言っている。つまり規則や制度に何ら違反しているわけではないということになる。そこまで徹底されたものを、阻止なんてできるのだろうか。

「では、抗議行動として都知事への嘆願書提出、駅前での署名運動とビラ配り、当マンション前には、反対の垂れ幕を下げます。これは、うちだけの問題ではありません。約半径百メートルに及ぶ千名近くの住民も、同じ行動に出ることになっています。これからご協力を仰ぐことになりますが、どうかよろしくお願いいたします」

自治会長は、声を高めて締め括った。

今日は一年生、四年生、六年生と授業参観が行われた。

その日は、とりわけ気を遣う。

服装や化粧もそうだが、子供らへの対応、手を挙げている中の誰を指名するか、母親が気になって落ち着かない子供の注意をどう黒板へ向けるか、そんなことに神経をすり減らす。

今の教育は、優劣をつけることを拒否する傾向にある。得意不得意は誰にでもあり、それが個性でもあると思うのだが、母親の気持ちとしては納得できないらしい。今日の科目は国語だが、出来る子の親はすべてを同じラインに並べての授業を不服に感じ、出来ない子の親は少しでも扱いが違うとこめかみの辺りを緊張させる。

その後の個人懇談となると、さらに気を遣わなければならなかった。

以前、忘れ物の多い男の子の母親に「おかあさんが最後に、ランドセルの中を確認してあげてください」と、言ったことがある。

母親は、軽く鼻であしらった。

「あら、母親が見なくても自分でちゃんとできるように教え込むのが先生の仕事なんじゃないですか。主婦はこれでも大変なんですよ。先生は、お子さんがいらっしゃらないからわからないでしょうけど」

子供はいなくても、母親の目の届かないところにいる子供らは、いやというほど見てきている。

「そうかもしれませんが、ほんのちょっとでも……」

そのくせ卑屈な言い方をしなければならない自分がうんざりだった。気位ばかり高く、世の中の仕組みを妙に詳しく知っている母親は、少し機嫌を損ねると、すぐに校長や教育委員会に直訴する。

雅恵が小さい頃、教師の言うことは絶対だった。「先生がああおっしゃるんだから」と、子供の弁解などほとんど聞き入れてもらえなかった。それがよかったとは思っていないが、ここまで教師を信用されなくなるよりかはマシかもしれないと思う。

子供らに何の罪もないことはわかっている。教師になりたての頃は、昔、テレビドラマで見たような情熱的で、愛情深い教師を目指していた。けれども、十四年続けた今、情熱も愛情もすっかり色褪せ、当たり障りのないものになっている。

辞めよう。

と、何度思ったことだろう。思いながら、辞められないでいるのは、結局のところ、自分の意気地のなさに他ならない。

個人懇談を終えて、ホッとしながら階段を下りてゆくと、一階の一年二組の教室から、子供の手を引いて出てくる母親たちの姿が目についた。

その時、雅恵は思わず足を止めた。一瞬、見間違いかと思った。そのまま後ずさるようにして踊り場まで戻り、母子たちが玄関に向かうのを見計らってから、後を追うように、再びゆっくりと下りて行った。

子供らは生徒用の下駄箱に向かい、母親たちは保護者用の玄関でスリッパからハイヒールに履き替えている。

その中のクリーム色のスーツを着たショートカットの女。

間違いなかった。髪型も化粧も表情もかつてと違うが、あの女に間違いなかった。

母親らは言葉を交わし、何やらくすくすと笑い合っている。スリッパを布製の袋に入れ、それを大きめのトートバッグにしまって、そのまま玄関を出てゆく。

雅恵は再び階段を駆け上り、今度は校門を見下ろせる廊下の窓に額を押し当てた。

あの女がどうしてここに。故郷の米子《よなご》に帰ったのではなかったのか。

すぐに生徒用の玄関から子供らが飛び出してきて、それぞれの母親にまとわりついた。

まさか、と思う。そんなはずはない。

けれど、年恰好からいえば、あの子はあの時の子と考えられないこともない。

雅恵は職員室に戻り、向かいに座る一年二組の担任教師が戻ってくるのを待って、尋ねた。

「ねえ、あなたのクラスに加藤って生徒がいるかしら」

「ええ、いますよ」

あっさりと答えが返ってきた。

「加藤久之ですけど、あの子がどうかしました？」

「いえ、ちょっと知り合いの子供かしらって思ったの。両親の名、わかる？」

「もちろん」

彼女は机の引き出しからバインダーを取り出した。

「父親は加藤彰、母親は美奈子。勤め先は……」

「ありがとう、もういいわ」

「お知り合いでした？」

「いいえ、違ってたわ」

雅恵はゆっくり首を振り、椅子の背にもたれかかった。心臓の鼓動が、身体を揺らすほどに鳴り響いていた。

彰と離婚して、五年になる。

けれど、実質的にはその前から離婚したも同然の状態だった。

彰とは同い年で、学生時代から付き合いがあり、互いに地方出身ということで、ほとんど同棲に近いような形で過ごしてきた。卒業して雅恵は教師に、彰は一年の就職浪人を経て大手の製本メーカーに就職した。

結婚したのは、ふたりが二十七歳になった時だ。

きっかけは、雅恵の父親が上京して、彰の前で頭を下げたからだった。

「どうか、娘を嫁にもらってやってください」

父は治る見込みのない病にかかっていた。余命半年。そのことはすでに実家で父と同居している兄から聞かされていて、彰にも伝えてあった。父は切羽詰まった面持ちで、娘のことが心残りでならない、というようなことを口にした。父も自分の寿命を知っていたのだろう。母は雅恵が十代の頃に亡くなっていて、父にとって、ひとりで東京で暮らす雅恵だけが最後の気掛かりだったに違いない。

彰はしばらく黙り込み、やがて父よりもっと深く頭を下げた。

「すみませんでした。すぐ、きちんとします」

結婚したい、なんて自分から口にするのは死ぬほど恥ずかしいことだと思っていた。けれど、内心ではいつ彰がそれを切り出してくれるか待ち焦がれていた。

だから父の申し出は渡りに船のようなものだった。たとえそこに父の死が引き換えとして絡んでいても、雅恵にはありがたかった。

父が死んだのは、結婚して一年半ほどしてからだ。医者からは、ここまで持ったのは奇蹟のようなものだと言われた。兄夫婦と、雅恵夫婦に看取られ、たぶん、父は安心して旅立っていったことだろう。

通夜と葬式、初七日、四十九日と、それなりの儀式に彰は常に雅恵の隣に座り、亡くなった父の義理の息子という立場で、親戚や近隣の人たちに礼儀正しく接していた。

そうして、その四十九日の法要を済ませた帰りの車の中で、唐突に彰は言ったのだった。

「別れてくれないか」

少し雨が降り出していて、フロントガラスに小さな雨粒が張り付いていた。

雅恵は、彰の横顔に目を馳せた。

「これで、俺の役目も終わったろう」

焦点の定まらない気持ちで、雅恵は答えた。

「どういうこと？」

「俺たちは間違ってた。もともと結婚すべきじゃなかったんだ。結婚前から、いつ別れてもおかしくない状態だったことは、雅恵だってわかっていたはずだ。もしお義父《とう》さんの病気がなかったら、俺たちは結婚なんかしなかったろう」

雅恵は答えなかった。
車は重苦しい沈黙を乗せて、高速を抜けてゆく。雨が少し強くなった。

「いやだわ、天気予報で今日は一日晴れるって言ってたのに。だから洗濯物を干したままにしてきたのに」

前を走るワゴンがやけに遅い。彰は業を煮やしたように、右のウィンカーをつけ、追い越し車線に入った。

カーブで車は大きく揺れた。

「俺たち、もう完全に壊れているんだ」

その断定的な口調に、雅恵は強い反感を持った。

「勝手に決めないで、そんなこと」

「雅恵とは長く付き合っていたし、俺が一年間、就職浪人した時に食わせてもらった恩もある。その上、病気のお義父さんに頭を下げられて、これはもう結婚するしかないと思ったんだ。それが俺にできる精一杯の責任の取り方だったんだよ」

「責任？　それだけなの？」

彰は少し口調を弱めた。

「いや、そういうわけじゃないさ。もしかしたら、俺たちもこれで何かが変わるかもしれないって密かな期待もあった。でも、駄目だったろう。結婚しても、俺たち、何も変わらなかったろう。この一年半を振り返ればわかるじゃないか、もう、限界なんだよ」

うまくいっていなかったといえば、そうなるのかもしれない。会話は減り、セックスもなく、相手と目を合わせることもないまま一日を終えてゆくような日々が続いていた。

けれど、それは共犯ではない。少なくとも、雅恵がそれを望んだわけではない。会話が成立しないのは、何を言っても彰の返事が投げ遣りだからだ。セックスをしなくなったのは彰がその意思を見せないからだ。互いを見なくなったのは、いつ顔を上げても、彰の背中しか見えなかったからだ。

「いやよ」

雅恵は言った。

「私は離婚なんてしないわ」

「ここまで壊れているのに、意地を張ったって不幸になるだけだ」

「そう思ってるのはあなただけだわ」

「お互いに別の人生を歩いた方がきっと幸せになれる」

「お互い、ですって？」

雅恵は、まるで切り札を持ち出すように、口にした。

「幸せになるのは彰だけじゃない。私と離婚して、あの女と一緒になるつもりなんでしょう」

彰は一瞬、絶句した。

「どうしてあなたの幸せのために、私が犠牲にならなくちゃいけないの」

奥歯を嚙み締めたのだろう、彰の頰骨だけがわずかに動いた。

「何の話だ」

「全部言わなければならないのかしら。あなたが付き合っている、取引先の羽田美奈子っていう女のことよ」

彰はハンドルを握り締めた。

「もう、調べてあるわ。今さら、ただの仕事仲間だなんて言い訳をしても無駄よ」

そこまでバレているとわかると、彰は却《かえ》って落ち着きを取り戻したようだった。

「彼女のことと、離婚のことは別の話だ。彼女のことがなくたって、俺たちは終わっていた。終わっていたからこそ俺は彼女と付き合い始めたんだ」

「そんなこと、通用するかしら、裁判になったら」

フロントガラスに打ち付けられる雨の粒を凝視しながら、雅恵は強ばった声で言った。

「言っておくけど、私は別れないから。絶対に別れないから」


その日からの、自分たちの緊張と敵意とに満ちた日々をどう説明すればいいだろう。意地なのか、執着なのか、それとも憎しみなのか。あまりに身も蓋もない、不毛な争いが続いた。

あの時、雅恵の胸にあったのは、こじれにこじれた末の、美奈子に対する烈しい敵意だった。彰との関係がすでに終わっていることは、雅恵もわかっていた。それが、たとえ彰の一方的な感情でも、男と女は、どちらか片方が匙を投げた瞬間、関係は終わる。けれど夫婦となればそうはいかないはずだ。夫婦関係は両方の意思がなければ終わらせることはできない。その最終決断は、今、雅恵が握っている。

離婚を受け容れられなかったのは、何より、それによって彰が幸福を手に入れることが許せなかったからに他ならない。自分と別れて、美奈子と結婚する。そんな身勝手で不条理なことなどあっていいはずがなかった。彰に対して、私がいったい何をしたというのだろう。女と離婚とは別問題だと言っているが、そんなことを誰が信用するだろう。

驚いたことに、やがて美奈子は妊娠した。ふたりにとっては強硬手段にでたつもりかもしれないが、雅恵は追い詰められた動物が全身の毛を逆立てるように、徹底的に拒否した。ふたりを別れさせるためなら、何でもやった。

美奈子の会社に出向き、上司に直訴した。美奈子の米子の実家に電話を入れ、両親に泣きついた。美奈子のアパートを訪ね「離婚に同意するくらいなら、ここで死ぬ」と、包丁を手に脅した。彰に詰《なじ》られることなど平気だった。殴られてもやめなかった。泣かれても土下座されても、翻《ひるがえ》さなかった。ただただ、ふたりを幸福になどしてやるものかと固く誓っていた。

あの時、間違いなく、雅恵は常軌を逸していた。食べることよりも、眠ることよりも、たぶん生きることよりも、雅恵にはふたりを別れさせることが最優先すべき事柄だった。

ついに、彰は音《ね》を上げた。いや、それは美奈子の方だ。

しばらくして、彰はすっかり消沈し、疲れの滲んだ表情で帰ってきた。

「彼女は故郷に帰ったよ、子供も始末した。もう疲れたと言われた。俺は愛想を尽かされたんだ」

それこそ、雅恵が待っていた結末だった。もちろん、すぐに信用したわけではなく、美奈子の会社に連絡を取り、実家には偽名で確認した。確かに美奈子は退社して、故郷の米子に戻っていた。

それから一年後、雅恵は彰と離婚した。

彰も、自分と同じだけの不幸を背負ったことで、雅恵は安堵していた。これで対等になれる。不幸を同じ分量だけ背負って、離婚することができる。気が抜けたように、あれほど執着した結婚生活に終わりを告げた。

たった一枚の紙。そこに自分の名前を書き込む時、死んだ父の顔がちらりと浮かび、気が咎《とが》めたのを覚えている。


けれど、そうではなかった。

あれは嘘だった。美奈子が子供を堕ろし、田舎に帰ったというのは、すべて、雅恵との離婚を成立させるための方便だったのだ。

雅恵は職員室から運動場を走り回る、加藤久之の姿を目で追った。

この世には存在しないはずの、彰と美奈子の別れによって消されたはずのものが、あんなに力強く呼吸し、はしゃいだ声を上げている。

ふたりは綿密な計画のもと、時間をかけて、雅恵を騙し、離婚に持ち込んだのだ。

そんなことも知らず、彰は同じだけ不幸を背負ったと思い込んで安堵していた自分は、何て間の抜けた人間だったのだろう。

力ない笑いが頬にへばりついていた。

マンション建設反対運動は、日に日に熱気を帯びていた。

帰宅するたび、玄関の前や電信柱、フェンスなどに、抗議の言葉が並べ立てられ、張り紙や立て看板や垂れ幕が増えていた。

家に着くと、待っていたかのようにチャイムが鳴った。隣の奥さんだということは、スコープを覗かなくてもわかっていた。

反対運動委員会の主要メンバーとなった隣の奥さんは、こうやってほとんど毎日、雅恵の帰りを待ちかねたように、さまざまな情報を提供しに来る。

「今日、隣の土地に計測だか何だかわからないけど、建築会社の人が来ていたわ。どうやら夏前に工事が始まるらしいって噂なの。それでね、ようやく業者の説明会が行われることになったんだけど、こっちから何度も申し込んでやっとなんだから、ひどいったらないわ。もちろん、新川さんも行くでしょう」

「そうですね」

行かない、とは言えなかった。それは無関心であり、非協力的であり、団結という約束事の前では、裏切りにもっとも近い行為とされる。

「でね、質問事項を今から委員会でまとめるの。専門の弁護士もそろそろ決まるはずだし、とにかく、そのことでもう毎晩大変よ。夜中まで話し合ってるんだから」

隣の奥さんはいきいきしていた。以前の、何かと言うと夫や姑や近所の愚痴ばかりこぼしていた頃とは、顔つきがぜんぜん違っていた。

ふと、もし今、工事が中止になると決定したら、この奥さんは果たして喜ぶだろうかと思った。

説明会は、怒号の飛び交うものとなった。

建築を請け負うゼネコンと分譲を手掛ける不動産会社から、穏やかな表情と言葉遣いを徹底的に刷り込まれた機械仕掛けのような社員が六名、前に座った。

どんな抗議を受けても、怒りを投げつけられても、びくともしなかった。

「すでに都から認可が下りております。建築基準法はクリアしております。日照権につきましては基準を守っております」

結局のところ、すべてそれに行き着いた。

説明会を終えて残ったのは、徒労感だけだった。

廊下で、運動場で、全校集会の場で、気がつくと雅恵は加藤久之の姿を追っていた。その無邪気な姿を眺めながら、雅恵は彰と美奈子の周到な裏切りを呪い、こんなところで出くわしてしまった不幸な偶然を嘆き、互いに不幸を背負って別れたものと安堵していた自分を嗤《わら》った。

いつか彰や美奈子と顔を合わせる時が来るかもしれない。参観日をはじめとする運動会や学芸会といった催し物は、ふた月に一度の割合で行われている。もし、顔を合わせた時、ふたりはどんな顔で雅恵を見るだろう。そして、自分はどんな顔でふたりを見返すだろう。

憎しみと怒りの余り、久之に何かしでかしてしまうかもしれない、いや、今さらそこまで常軌を逸するはずがない。それぐらいの常識は取り戻していた。少なくとも、あの時、彰と美奈子を引き離すためにとった、手段を選ばないやり方を繰り返すような愚かさはないはずだと、自分を信じていた。

転任を申し出よう。

それが雅恵の出した結論だった。

来年の春、この小学校に赴任して丸三年になる。申し出ても別段、不思議がられることはないはずだ。

今度は、もう少し家から近い学校にしてもらおう。できたら三年生か四年生を受け持たせてもらおう。そんなことを考えていると、少しは気も紛れた。


驚いたことに、まだ更地でしかないというのに、隣のマンションは、駅の反対側でモデルルームを公開し始めた。

隣の奥さんの口調は、ますます熱気を帯びている。

「ひどいでしょう。近隣の住民の感情ってものを完全に無視したやり方よ。馬鹿にするにもほどがあるわ」

「専門の弁護士は、どう言ってるんですか」

雅恵は手の中で鍵を転がした。早く家に入りたいのだが、立ち話は今日も長く続きそうだ。

「それがね、弁護士っていうのは結局、いくらなら和解するかって、そのことに基準を置いてしまうのよ。お金じゃないって言ってるのに、基本的なことがわかってないの。何を言っても、じゃあ〇〇万円ぐらいで手を打ちますかって、こうよ。交代させようかって、話も出てるくらい」

「まあ、認可は下りてるし、建築基準法も守ってて、違反してるわけではないのだから、弁護士もやりづらいのかもしれないですね」

隣の奥さんが、わずかに片眉を上げた。

「でも、これだけ多くの住民が迷惑だって言ってるのに、その声を無視するなんて、民主主義に反することじゃない？」

雅恵が反対運動にあまり熱心でない、ということに、隣の奥さんが不満を抱いているのはわかっていた。二日前の集会と、駅前でのビラ配りに、仕事を理由に参加しなかったからだ。

けれど、それは雅恵だけではない。全体的な雰囲気というものが少しずつ変わり始めていた。事が持ち上がった時は、住人たちはあれほど気持ちをひとつにして盛り上がったが、最近では集会の参加者も減り、足並みの乱れが感じられるようになっていた。

もともと北東向きの部屋の住人には、南側の空き地に何が建とうとあまり影響はない。どうして南側に住む住民のために自分たちまで時間を割いて反対運動に参加しなければならないのか、そんな思いがあるようだった。借りている住人にとっては所詮他人事で、ビラを配らせられるくらいならゆっくり寛いでいたいというのが本音だろう。

「私は何があっても最後まで戦うわ。ここに一生住むつもりで買ったのよ。買ったのは、マンションだけじゃないわ。ここという環境も一緒よ。隣の土地は確かに私のものじゃないけれど、この環境は私のものでもあるはずだわ。あっちの好き勝手にさせてたまるものですか」

隣の奥さんは、ますますいきいきして、肌の張りまで違ったように見える。

何とか話を切り上げて部屋に入り、雅恵はバッグをソファに投げ出した。まだ梅雨にもならない季節だが、部屋の中は妙に蒸し暑い。ベランダのガラス戸を開け、外に出た。

豊かに葉をつけた桜の木の黒いシルエットが、闇の中に浮かんでいた。

春休みを利用して、ここに越してきた時、目の前の桜は満開だった。雅恵はこれから始まる二十五年ローンの返済のことも忘れて、この部屋を選んだことをどれほど幸運に思っただろう。離婚してから、まるで影のように自分にぴったりと張り付いていた鬱々したものとも、これで別れられるに違いないと思えた。

目の前の空間が失われるのは、確かに残念には違いない。ただ、雅恵はこうも思っていた。どうせ、日中陽の差す時間は、学校に行っていてほとんど部屋にいないではないか。休日と言っても、いつも午前中はベッドでごろごろし、あとはぼんやりテレビやビデオを観ているだけだ。洗濯物も、女のひとり暮らしということで、もともと外には干さない。考えてみれば、そこに何が建とうと、別段、困り果てるということはない。

この桜の木さえあればそれでいい。後のことはどうとでも我慢できる。

もちろん、住人のひとりとして協力はしようと思っている。けれど、それはたぶん、隣の奥さんを満足させるほどのものではないだろう。

早めの方がよいと思い、転任願いを教頭に提出した。

転任は、新年度をきっかけにするのがほとんどだが、学期ごとにないというわけでもない。夏休み前に叶ったらいいなと思いながら、それでも六年生を受け持っている以上、来年春までここに残ることは覚悟していた。

とにかく、それまでは自分の気持ちを平静に保つことに心を砕こうと決めていた。加藤久之の無邪気な姿を見るたび、背骨の裏側で怪しいものが蠢《うごめ》きだそうとするのを、雅恵は飲み下すように抑え続けた。

六月になっても七月になっても、夏休みに入っても、隣の工事は始まらなかった。一部の熱心な住民の抗議と反対の声は、週刊誌やワイドショーに取り上げられ、一時は見物人も出る始末だった。

もしかしたらこのまま中止になるのではないか、との噂も持ち上がった。

けれども、相変わらずモデルルームは盛況のようだ。まだ基礎工事すら始まっていないというのに、すでに図面の上にはいくつか契約済みを示す赤いバラの花が留められているという。

やがて、夏休みが過ぎ、二学期が始まった。

教頭から転任の内諾を得て、ほっとした。あと半年あまり。違う小学校に行けば、またきっと気持ちも切り替えられるだろう。とにかく、この半年をうまく気を紛らわしながらやり過ごそう。

九月に入ると、呆気ないくらい日が落ちるのが早くなる。生徒たちのいない校舎は、まるで水の中のように青く翳っている。

職員室で帰り支度をしていると、向かいの席から声が掛かった。

「新川先生のおうちって、確か、品川区の○○町じゃなかったですか？」

雅恵は手を止めて、頷いた。

加藤久之を担任している女性教師だ。

「そうだけど、何？」

「もしかして、お近くで大きなマンション建設の計画とかあります？　何でも私立の大学の跡地で、高さ百メートルくらいの超高層マンションらしいんですけど」

「ああ、それならたぶん、うちの隣に建とうとしているマンションだわ」

「あら、そうなんですか」

「そうなの、今、反対運動で大変なんだから。それがどうかした？」

「実は、うちの生徒の母親から相談を受けたんですよ。どうやら、そのマンションを買う予定らしいんですけど、あの辺りの小学校の状況を教えて欲しいって言われたんです。学区によって、小学校のレベルというか、雰囲気もぜんぜん違うでしょう、母親としては心配なのも当然ですよね。でも私、品川区の方はよく知らないんで答えようがなくて。それで、そういえば新川先生がそちらの方に住んでらしたなって気がついたものですから、ちょっと伺ってみようかなって」

濁った水のようなものが、雅恵の胸の中に流れ込んできた。

「それは、何という生徒なの？」

「加藤です。加藤久之」


土曜日と日曜日、雅恵は朝早くから商店街に向かい、署名を募った。目標は三百人。けれども「もう書いた」とか「関係ない」と断られ、目標の三分の一も集まらなかった。

商店街の店主たちは、口では同情の言葉を連ねたが、実際には、巨大マンションが建設されればそれだけ買物客が増える。内心、推進派に回っているのはわかっていた。

午後は駅前でビラを配った。

ビラは雅恵がパソコンで作ったものだ。あのマンションが、いかに人権を無視し、強引で独善的なやり方で建築されようとしているかを、Ｂ５の用紙にびっしりと書き連ねた。

「よろしくお願いします、ご協力、お願いします」

道行く人に必死に頭を下げ、手渡してゆく。それでも捨てられたビラが道路で舞っていた。マンションを建てさせるわけにはいかなかった。どうしてもどうしても、阻止せねばならなかった。

自分を裏切った夫と、妻に納まったあの女と、何も知らない無邪気な息子と、三人が幸福に暮らす家と隣同士に住むなんて、考えただけでも身震いした。

学校は転任できる。けれど、やっと手に入れたマンションはまだ二十年以上もローンが残っている。どうしてそこまで私があいつらに不幸にされなければならないのだ。

「新川さん、急に熱心になったのね、何かあった？」

一緒にビラ配りをしていた隣の奥さんが、少し揶揄《やゆ》を込めながら尋ねた。

「私は最初から熱心でしたよ」

「あら、そう？……まあ、いいわ。とにかく、絶対に建たせないでおきましょうね」

「ええ、絶対に建たせません」

雅恵は早口で言って、再び駅から吐き出されてくる人々の前に、ビラを差し出した。

都には抗議文を提出した。区議会議員には嘆願書を送った。環境省や自然保護団体にも事情を説明した。インターネットにはたくさんの書き込みをした。以前に興味を示してくれた週刊誌やテレビ局には、もう一度取り上げてくれるよう何度も連絡をした。

けれども、そのほとんどはなおざりにされるか、聞き流されるか、無視された。

雅恵は自宅にいる時はもちろん、通勤の途中も、学校にいても、授業をしていても、いつも次に打つべき手について考えた。

民間の非営利団体に訴えようか、いっそのこと、ハンガーストライキを決行しようか。

そんな夜、学校から帰ると、敷地は二メートル以上もある頑丈なフェンスに固められていた。

玄関前で、呆然とそれを眺めていると、隣の奥さんが飛び出してきた。

「見て、あんまりでしょう。今日、何の前触れもなくトラックがやってきて、もう何が何だかわからないくらいの速さで、わーっとフェンスを張って行っちゃったのよ。もちろん抗議に走ったわよ。でも、入り口のところでガードマンに『無断で入ると不法侵入で警察を呼びます』なんて言われて止められたの。不法侵入はあっちじゃない。私たちの、平穏な生活に勝手に侵入してきたんじゃない」

よほど悔しかったのか、ほとんど涙ぐんでいる。

「桜は？」

雅恵は尋ねた。

「桜？」

「私のベランダの前に咲いてる」

「ああ、あれね。切るらしいわ。桜だけじゃない、生えている木はみんな切るって」

雅恵は言葉を失ったまま、白いフェンスを見上げた。

自分の声など、誰ひとり聞き届けてはくれなかった。あの時の彰のように、耳を閉じ、目を逸らせ、面倒なことは早く終わらせてしまいたいと、ただ嵐が行き過ぎるのを待っているだけだった。

神さまはいつだって不公平だ。人間にえこひいきはいけないと諭《さと》しておきながら、いつも自分は見て見ぬふりをする。

「加藤くん」

生徒用の下駄箱前で、集団下校しようとしている久之を、雅恵は呼び止めた。

振り向いて、雅恵を不思議そうに見上げる眼差しに、ふと彰と共通するものを感じた。

「私のこと知ってる?」

久之が左右に首を振った。

「六年生の担任で、新川先生っていうのよ」

一緒に帰るはずの子供らが、久之を待っている。雅恵は彼らに言った。

「ちょっと加藤くんとお話があるの。みんなは先に帰っていいから」

子供らは素直に頷くと、羽虫みたいに玄関を飛び出して行った。

「お話って?」

久之がいくらか不安げな表情で、雅恵を見上げた。

僕は何も悪いことはしていない。

そう言いたがっているのがよくわかる。

「心配しないで、叱ったりとか、そういうことじゃないの。どころかその逆よ、加藤くん、いつもとってもいい子だから、今日は先生からご褒美をあげようと思ってるの」

「ご褒美？」

「そうよ」

「なに？」

「何が欲しい？　何でもいいのよ」

「ほんとに、何でも？」

一瞬、子供らしく目を輝かせた。

「そう」

「でも、ママに叱られる。いつも言われてるんだ、知らない人からものをもらっちゃいけないって」

自分は人の夫を盗ったくせに。私から幸福を奪ったくせに。

「そんなことないわ。先生からのご褒美だもの、受け取らなかったら、きっとその方が叱られると思うわ」

「そうかな」

「そうよ」

久之はようやく納得した顔をした。

「じゃあ、ゲームソフト」

「いいわよ、行きましょう」

雅恵は手を差し出した。

「うん。でも、どこへ行くの？」

「大丈夫、みんな私に任せておいて」

久之は大きく頷くと、雅恵の手に、生温かく湿った小さな手をしっかりと絡ませた。


リビングのソファで、久之が小さな寝息をたてている。

今日から、隣の工事が本格的に始まることは聞かされていた。

朝から足を棒にして集めた署名も、一晩中かかってプリントアウトしたビラも、都や議員への嘆願書も、抗議もシュプレヒコールも、効力は何もなく、明日になればすべては徒労に終わる。話が本当なら、じきにショベルカーやブルドーザーといった重機類が運び込まれるだろう。ダンプカーがひっきりなしに出入りして、地響きをたてながら土を掘り返したり鉄骨を埋め込んだりするのだろう。

雅恵は濁った息を吐き出した。

そうして雅恵を幸福な気持ちにさせてくれた桜の木の命を絶ち、無残な倒木にする。

大それたものを望んでいるわけじゃない。ただ、心静かに毎日を過ごしたいだけだ。なのに、それさえ踏み躙《にじ》られる。

もし、久之がいなければ。

そうしたら、少なくとも彼らの人生設計は大きく崩れ、こんなマンションを購入するなんて計画も中止になるだろう。

そう、久之さえいなければ。

雪かと思った。

窓の向こうに、はらはらと舞う白いものが見え、雅恵は思わず目を凝《こ》らした。確かに夕方から冷え込んだが、まだ十月半ばだ。どう考えても雪が降る季節ではない。

雅恵はガラス戸を開けて、ベランダに出た。

信じられないことに、それは雪ではなく、花びらだった。秋のしんとした常闇の中で目の前の桜が枝々に花を広げ、萼《がく》から離れて、はらはらと舞い落ちていた。

雅恵はほとんど我を忘れたかのように見入った。

どうして……。

闇の中で、まるでひとつひとつが生き物のように、花びらは舞い続けている。

もしかしたら、明日、切り倒されてしまうことを桜の木も知っているのだろうか。命の終わりを悟り、こうして自らに別れを告げているのだろうか。

気がつくと、雅恵は泣いていた。自分の首筋を流れ落ちるまで、それが涙とは気づかなかった。

自分は何をしようとしているのだろう。いったいどんな結末を望んでいるのだろう。

ゆっくりと、雅恵は部屋を振り返った。久之は今もソファで眠り続けている。

はらはらと、ただ、はらはらと舞い続ける花びらに打たれながら、雅恵は久之を見つめ声もなく立ち尽くした。

# 帰省

姉の杉江と言葉を交わすのは何ヵ月ぶりだろう。

今年の夏前に「家族でハワイに行くからその間家の様子を見て欲しい」という電話があってからだから、半年以上はたっている。

あの時、一度郵便物を見に行くぐらいなら、と答えたが、明らかに姉は不満そうだった。要子にも都合がある、ということなど、姉はお構いなしだった。

「それで、あんたはどうなの？」

相変わらず高飛車な口調だ。

「どうって言われても」

要子の返事は濁る。姉を思い出す時、いつもそうであるように、リップペンシルでくっきり輪郭を描いた唇だけが頭の中に蘇る。

声を聞くのが半年ぶりなら、実際に顔を合わせたのはもう三年ほども前のことだ。田舎での父の七回忌の時だった。その時も、その前に会ったのは父の三回忌だった。同じ東京で暮らしていても、普段は赤の他人と同じだ。

もちろん、それを寂しいなどと思ったことは一度もない。もともと姉の杉江とは性格も容貌も正反対で、小さい時から一緒に遊んだ記憶さえほとんどない。

「叔母さんの電話じゃ、そろそろ考える時期が来たんじゃないかって言うわけよ」

「それは、わかるけど」

「東京に引き取るとか田舎に帰るとか、要子、どっちかできないの？」

まるで他人事のように、いともたやすく姉は言う。当然のことだが、どちらも即答できるような話ではない。だいいち要子だけではなく、姉にとっての母でもあるはずだ。

「そんな簡単に言わないでよ、私にだっていろいろ生活ってものがあるんだし」

「だって、あんたは所詮気楽な独り身なんだから何とでも融通が利くでしょう。仕事だって、こっちじゃなきゃできないってものでもないんだし。あんたが田舎に帰るんなら、叔母さん、きっと適当な仕事を紹介してくれるわよ。もしかしたら、お見合い話なんかも持ってきたりしてね。叔母さん、そういうの、張り切る人だから」

揶揄《やゆ》を含んだ笑い声が、姉の言葉尻に加わり、要子はますますうんざりした。

「やめてよ」

「じゃあ、こっちに呼び寄せるっていうのは？」

「うちは2DKのアパートなのよ」

「広いところに引っ越せばいいじゃないの。かあさんにはとうさんの遺した年金もあるし、田舎の土地を処分すれば、まああんなところじゃ売ってもたかがしれてるけど、何とかなるんじゃないの。少しぐらいならうちも援助するから」

「そんなこと言われても」

「同居がいやなら、近くにもうひとつアパートを借りて住まわすとか、方法は色々あるでしょう」

自分勝手な言い分に、思わず要子は言い返した。

「だったら、姉さんがそうすればいいじゃないの」

言ってから、すぐに後悔した。案の定、姉の怒濤《どとう》のような言葉が、受話器のこちら側に唾が飛んでくるくらいの勢いで溢れてきた。

「私ができないから言ってるんじゃないの。私はダンナの稼ぎで食べさせてもらってる立場なの。それに、大きくなったっていったって、子供はまだ手がかかるし、まだこれから受験だってあるの。それに、別居してるって言っても、すぐそばには舅も姑もいるのよ。このマンションの頭金はあっちから出してもらってるんだもの、実家の母親を呼び寄せたりしたら、長男の嫁の私の立つ瀬がないじゃない。だいたい、かあさんだって、うちになんか来るわけないわ。気兼ねするばっかりだってわかってるもの。それに今、隣に高層マンションの建設が始まって、そりゃあもう、うるさいなんてもんじゃないんだから」

同じ東京に住んでいても、それなりに名の通った会社に勤める夫と私立の中学、高校に通う子供ふたりを持ち、品川のマンションで専業主婦をしている姉と、結婚もせず、新宿のはずれのアパートでひとり暮らしをしながらスーパーマーケットで働いている自分とは、住んでいる世界がぜんぜん違う。

要子は黙った。小さい時から、姉と言い争って勝ったためしはない。

「とにかく、一度田舎に帰って様子だけでも見てきてよ。もしかしたら、叔母さんが大げさに言ってるだけかもしれないわ。叔母さんって、昔から何でもないことをさも大変そうに言うの得意だったもの。昨日、かあさんに電話したら、結構元気そうだったし」

電話を切って、しばらくぼんやりした。

十年前、父が六十七歳で脳梗塞を患い、一年後に他界した。その頃、母はまだ六十代半ばで、父の看病をしながら、得意の和裁仕事を引き受けたり畑に出て農作業をしていた。

葬式の後、母の面倒をどちらがみるかという話が出て、姉とやりあったことを思い出した。確か姉からは今と同じようなセリフを言われたはずだ。母は身勝手な娘たちの思惑には気がつかないふりをして「年寄り扱いはごめんだよ。私はひとりで大丈夫」と、笑って娘たちを東京へと見送った。

あの時の母は確かにまだ若かった。日中の農作業で陽にやけた顔は、見た目には都会の同い年の女性より老けて見えたが、肌のツヤや体力に関しては、娘たちを上回るほどだった。

あれから十年、今年、母は七十五歳になる。

二年前の秋に母の白内障が判明した。手術をすることになって、姉と三日ずつ交代で田舎へ帰った。その時も姉とは入れ違いで顔を合わせなかった。母の妹にあたる叔母が隣町に住んでいて、よく面倒を看《み》てくれていた。白内障はさほど面倒な病気ではなく、その後の経過もいいと母も言っていた。

ところが、やはりそうではなかったようだ。症状は悪化している。たまに電話で話す時、そんな素振りも見せなかったのがいかにも母らしい。もちろん姉が言った通り、叔母が大げさに報告しているということもあるだろう。叔母は、娘がふたりもいながら親の元に留まらずにいることを不満に思っている。叔母には息子がひとりいて、結婚して近所で暮らしていた。

とにかく、近いうちに休みをもらって一度帰ってみよう、と考えていた。

要子の職場は新宿のスーパーマーケットだ。

関東地区で三十店舗以上を構えるチェーン店のひとつで、規模としては中クラスとなる。

ここに勤め始めて二年がたった。仕事は事務一般だが、忙しい時間帯には店に出て、陳列品の補充やレジ打ちもやる。正社員とはいうものの、給料はパートよりわずかに高い程度で、月に八回とれるはずの休みもパートの都合が優先されて、いつも残った日から選ばなければならなかった。それすら人手が足りなくなれば、すぐに駆り出される。今月は二十日を過ぎたというのに、まだ三回しか休んでいない。

午後の比較的客の少ない時間帯に、倉庫で仕入れの確認をしていた店長に、三日間の休暇を願い出た。

「三日もか」

いい顔をされないことは最初からわかっていた。四十代後半の店長は、なかなかのやり手で、ここに配属されてから、三〇パーセントも売り上げを伸ばしている。

「すみません、田舎の母の具合があまりよくないんです」

「人手が足らないなんてことにならないよう、うまく調整しておいてくれよ」

「はい」

倉庫を出ようとすると、ちょうど入ってきたパートの主婦と顔を合わせた。

「ごくろうさまです」

要子が言うと、愛想のいい笑顔が返ってきたが、奥の店長の姿を認めると、瞬く間に好奇心に満ちた目になった。

ああ、また格好のネタになる。

パートたちの間で、店長との仲を噂されているのは知っていた。面と向かって言われたことはないし、言われもしないのに反論するのも却って噂を広めそうな気がして何も言わないでいるが、要するに、彼女らはヒマなのだった。手を動かすには、口も動かさないとバランスが取れないらしい。けれども、そんなことぐらいでいちいち目くじらを立てていたら、こんな場所では働いてゆけない。

事務室に戻って、パートの時間をやりくりしながら三日間の休暇をひねり出していると、ドアが開いた。

さっきとは違うパート主婦が顔を出した。

「フロア、お願いします」

四時ごろから店は混みだす。毎日のことだ。

「すぐ行きます」

要子は席を立った。フロアでは、出しっぱなしのカゴを集めたり、陳列ケースを整えたり、朝に並べた惣菜パックに値引きのシールを貼ったりと、仕事はいくらでもある。

地域柄、店には一般客の他に、新宿界隈で飲食店を開いているママや主《あるじ》や従業員といった人たちも多くやって来る。彼らはだいたいいつも同じ時間に来るので、いつの間にか要子も何人かの顔を覚えてしまった。

いつも派手な服を着てやって来るスナックのママ風の女性は、化粧でかなりごまかしているが、四十は過ぎているだろう。カーラーの上から派手なスカーフで頭を覆っているのですぐ目についてしまう。六十過ぎの飲み屋の主風の男は、スルメやおかき、落花生といった乾き物ばかり買ってゆく。メモを手にして、品物を吟味もせずカゴの中に放り込んでゆく、たぶんアルバイトの男の子や女の子たち。二丁目で働く化粧前のオカマのお姐さんたちも常連だ。

そして、あの子も。

要子は青果コーナーの梨の前に立つ女に目をやった。四個で六百五十円。ひとつひとつを手にして、真剣な目で選んでいる。

女、と呼ぶにはどこか違和感があった。三十歳は過ぎていると思うが、化粧気もなく、全体的にどこか子供っぽい雰囲気がある。かと言って可愛らしいというのではなく、意地悪な言い方だが、ただただ田舎臭い。それでも彼女の持つ人の好さは、要子にもわかった。汚れていない、そんな印象を受けた。そして、それが危なっかしさにも繋がっていた。そんな人間が都会ではどんなに生きにくいかということを、要子はもうとっくに知るようになっていた。レジで支払いにもたついている姿を何度か見たことがある。もしかしたら少し頭が弱いのかもしれない。

とにかく、そんな人間たちを見ていると、要子はほっとした。人はどんなふうにでも生きられるという気になってくる。

十八歳で田舎を出てから、何をやってもうまく行かなかった。好きな男には逃げられ、職を転々とし、住処を変えながら何とかこれまで暮らしてきた。けれども、そんな自分でもそれはそれでよいのではないかと、納得して構わないような気になる。

その夜、母に電話した。

「目の具合どう？」

「別に大したことないから」

母の声はいつもと変わりない。母と話す時はいつも、田舎の山々の風景や、木々や草の間を抜けてくるわずかに獣の匂いを孕《はら》んだ風を思い出した。それは懐かしさよりも、要子をどこか後ろめたい気持ちにさせた。

「本当にちゃんと見えてるの？」

「そりゃあちゃんとってわけにはいかないけど、困ってるわけでもないから」

「叔母さんの話じゃその程度のものじゃないって、姉さん、言ってたわ」

「あの子はいつも大げさだから」

互いに七十を過ぎても、妹となる叔母は、母にとっていつまでも「あの子」であることが可笑《おか》しかった。

「それでね、来週、そっちに帰ろうと思うの」

「あら、そうなん」

「久しぶりだものね、去年も今年も、正月もお盆も帰らなかったし」

近頃のスーパーマーケットは、正月もお盆もなく営業している。そういう時が稼ぎ時だ。

「仕事の方はいいんかい？」

「三日間の休みが取れたから」

「じゃあ、要子の好きな蓮蒸しでも作ろうかね」

母の声にわずかに華やいだものが含まれた。

いつからだろう、母は電話や手紙で「今度いつ帰れるの？」と聞かなくなった。それを聞かれていた頃、要子はその言葉がいちばん鬱陶《うっとう》しく感じられた。帰ってやるものか、どういうわけかそんな意地悪な気持ちになって、休日にわざと予定を入れたりした。まるで約束を何度も破られた子供のように、やがて母は何も言わなくなった。そうして今度は、そのことを要子の方がどこか寂しく感じるようになっていた。

たぶん、その頃から、自分は少しずつ不幸になったのだ。


十二時を少し回った頃、チャイムが鳴った。

テーブルにつっぷしていつの間にか眠っていた要子は、慌てて玄関に向かった。

「風呂、沸いてるか」

男が早口で言いながら、入ってきた。

「ええ、すぐ入れるわ」

「今日、夜に鮮魚に駆り出されたから、身体中が魚臭い」

男は部屋で着ているものをすべて脱ぎ、風呂場へ向かった。

服をハンガーに掛けてから、要子は男が持ってきた小さめのボストンバッグを開いた。中には、洗濯済みのワイシャツとランニングシャツとパンツと靴下がビニール袋に入れられている。それを取り出し、脱ぎ捨てられたものを丸めて無造作に突っ込んでおく。あくまで無造作に、だ。以前、たたんで入れたことがあり「女房に疑われたじゃないか」と叱られてから、気をつけるようになった。

パート主婦たちの噂は、単なる暇つぶしのネタというばかりではなかった。もちろん、バレるようなヘマはやっていないが、こうして店長の諸井は週に二度ほど、要子の部屋にやってくる。関係はもう三年ばかり続いていて、要子がスーパーマーケットに就職する前からだ。正確に言えば、そうなったから、要子は前に勤めていたスナックのホステスを辞めてこっちに移って来た。

フロアに駆り出されることはあっても、基本的に事務をやっている要子は、店が開店する午前十時から午後七時までが勤務時間だ。閉店は午後の十一時で、早番遅番のローテーションで回っている。当然、諸井も最終までの勤務があり、それがだいたい週に二回で、その日は八王子にある自宅には戻らず、こうして要子の部屋に泊まりにくる。

奥さんには「会社が借り上げた宿直室代わりのぼろいアパートがあり、そこに泊まっている」と説明しているらしい。

奥さんが洗った新しい下着と一緒に、タオルとパジャマを洗面台の上に載せておく。それから台所に立ち、ビールと簡単な食事を用意した。

知り合ったのは、諸井がまだ前の五反田店にいた頃で、その近くに要子が勤めるスナックがあり、時折顔を出していた。関係を持つのにそう時間はかからなかった。要子は、スナックに勤めるきっかけとなった男に逃げられたばかりで、ちょうど人肌が恋しい時だった。会話が上手く、飲み方も慣れていて、金払いがよく、やや強引な諸井に、要子は呆気ないくらい惹かれていった。

諸井が新宿店に異動になってから、半年ばかりたった頃、うちで働かないか、と持ちかけられた。

「いつまでも、こんなところでホステスなんかやっててもしょうがないだろう」

あの時、要子は諸井の顔をしばらく眺めた。またそうなるのか、と思っていた。自分はいつもそうだ。男に人生を明け渡している。

スナックに勤めたのも、付き合っていた男が水商売をやっていて紹介されたからだった。その前は小さな印刷工場で働いていたが、それもその頃好きだった男と一緒に暮らすために見つけた仕事だった。

十八歳の時に、専門学校への進学のため上京してからずっとそんなふうだった。そんなつもりはないのに、結果的には、いつも男の都合に合わせて生きてしまう。

「ちょうど事務員がひとり辞めたんだ。今なら、正社員として雇い入れられる。何しろ、店長推薦だからな。アパートも店の近くに引っ越せばいい。そうしたら、わざわざ五反田まで来なくても、遅番の時には気楽に泊まっていけるだろ」

その辞めた事務員というのが、今の要子と同じような立場の女だったと知ったのは、働き始めてしばらくたってからだ。

結婚している男の女への対し方には二種類あると、要子は思う。仕事や家庭といった日常からいっさい離れたところで男と女としてだけ付き合おうとする男、そうでなければ、会社やプライベートな部分にもまるで妻のような存在の女を求める男。もちろん、諸井は後者だ。

たとえそれが諸井の勝手な都合であったとしても、悪い話とは思えなかった。仕事は一生懸命やったし、客の評判も悪くはなかったが、このままホステスを続けていても先に何が待っているだろう。将来店を持ちたいというような夢も甲斐性もあるわけではなかった。

とにかく、諸井から言われるままスーパーマーケットに就職し、アパートも借りた。その日から諸井が遅番の日にここに泊まってゆくのが当たり前になった。

諸井が風呂から上がり、ビールを飲み始める。それだけが別の生き物のように、突き出た喉仏が上下している。要子はいつもそういった男しか持たない器官を見ると、欲望とも嫌悪ともつかない不思議な思いに囚われた。けれどそのふたつの感覚は結局、同じことなのかもしれない。抱いて、も、触らないで、も、突き詰めれば同じことを言っている時があるように。

「休み、調整できたのか」

諸井が思い出したように尋ねた。

「ええ、何とかね」

要子はあいたグラスにビールを注ぐ。

「三日だったな」

「ごめんなさいね」

「まあ、人手があるならいいさ。要子が戻ってくる夜はちょうど遅番の日だから、終わったら来るから」

「私は夕方までには着いてるわ」

母のことは聞かなかった。母のことだけでなく、諸井は要子の田舎や家族や小さい頃のことなどをいっさい聞こうとしない。そのくせ自分のことは、奥さんから子供のこと、上司の悪口から従業員の不満、何から何まで口にする。それは要子を信用しているというより、たぶん見縊《みくび》っているのだろう。

スポーツニュースを何チャンネルか梯子して、プロ野球の結果に納得してから、諸井は布団に入る。そして要子を抱く。今はもう、出会った頃のような丹念な愛撫はないが、身体に男の体温と重さを感じると、要子はやっと自分を確認することができる。自分がここでこうして生きていることを認められる。

田舎に帰る前日、姉の家に電話を入れた。

普段の付き合いはまったくないし、帰省する時も互いに勝手にやっている。それでも、今回はそれくらいのことは伝えておいた方がよいように思えた。

いくらか緊張しながら番号を押すと、留守番電話になっていてほっとした。

「要子です。明日帰ります。二泊三日の予定です。じゃ」

意識して素っ気なくしているわけではないのだが、姉に対してはついそうなってしまう。小さい時からの癖のようなものだ。

たぶん、生まれた時から姉とは相性が悪かったのだろう。

姉は父とそっくりだ。色黒のところも、エラが張っているところも、目が細く、鼻も丸く、全体的に骨太の身体をしているところも。女の子らしさというものがあまりなく、お世辞にも可愛らしいとは言えなかった。それでも、いや、それだからこそ、成績はよくて中学ではいつも学年で五番以内に名を連ねていた。高校はその辺りではもっとも名門といわれる進学校に入学し、大学も東京の国立大学にストレートで合格した。小さな町にとって、それは事件と呼べるほど評判になったものだ。

要子は父にも母にも似ていなかった。ただ、自分がいくらか人目をひく容貌を持っているということは、小学校に上がる前から知っていた。近所では、姉には「賢い」という、要子には「可愛い」という形容詞がついた。年頃になるに従って、要子は自分に向けられる男子生徒のどこか粘っこい目を意識するようになった。手紙をもらったり待ち伏せされたり、そういう意味では確かにモテたが、勉強はできなかった。方程式や化学記号や英語のスペルが、どうしたら頭の中に入ってくるのかさっぱりわからなかった。成績はいつも中の下か下の中で、ようやく偏差値のいちばん低い公立高校に引っ掛かった。そこでももちろん勉強は苦手だったが、姉の東京での暮らしが楽しげに見えて、地元で進学も就職もする気は最初からなく、両親を説得して東京の美容専門学校に入った。資格を取ったら、地元に帰って就職するという約束だった。

もし、あのまま美容師の道を進んでいたら、と考えることがある。

髪を触るのは好きだったし、カットの鋏さばきもパーマのロット巻きも手際がいいと、よく先生に褒められた。

検定試験の実技には合格したが、学科に落ちた。また一年、仕送りを続けてもらわなければならない、勉強しなければならない、そのことを考えるとうんざりした。そんな時、男と知り合った。

男は美容機器のセールスをしていて、やがて要子にもその仕事を持ち掛けた。
「アルバイト感覚でやってみれば。ちょっと頑張れば仕送り分ぐらいすぐ稼げるさ」
男の言うことは正しかった。三ヵ月もすると、両親に「もう仕送りはいらないから」と言えるようになった。そのうち、学校に通うのがいやになった。もう一年勉強を続けても、学科で通る自信はなかった。アルバイトは思った以上に楽しく、売り上げも伸びた。やがてそちらが本業になり、美容師になる夢は捨てていた。

仕事はかなりハードで、朝から晩までセールスに走り回ったが、それを苦などとは思わなかった。もともと学科より実技が得意な要子である。身体を動かす仕事は性に合っていたのかもしれない。

しばらくして男は転職し、要子から去って行った。その寂しさもあって、要子はますます仕事に没頭した。勉強はできないが、不まじめな性格ではないと自分でも思う。好きなことなら、頑張ることは少しも苦にならない。

三年ぐらいたって、また男と知り合った。男の勤務時間はウィークデイの九時五時で、典型的なサラリーマンだった。もっぱら夜や週末に仕事量が増える要子とは対照的な生活をしていた。
「夜や休みに会えないのは寂しい」
と、言われて、迷ったがセールスの仕事を辞めることにした。

仕事は面白かったが、好きな男と過ごせる時間の方が要子にはずっと大切だった。給料はものすごく落ちたが、情報誌で日中の受付事務の仕事を見つけて就職した。

その男とは結婚できるとばかり思っていたが、二年ももたなかった。もちろん嘆きはしたが、だからと言って自棄《やけ》になったりはしなかった。事務の仕事はまじめに続けた。

次に知り合った男は、付き合い始めてすぐに「一緒に暮らそう」と言った。男は要子に夢中だった。男が用意したアパートから今の職場が遠いということで、今度は男に紹介された印刷工場に職場を変えた。

男との暮らしは四年続いた。けれど、四年という月日は男が情熱を燃やし尽くすに十分な時間だった。

男と別れて、その頃ちょくちょく飲みに行っていたカウンターバーのバーテンと仲良くなった。今度は逆に、会うためには日中の仕事が不便になり、男に言われるまま五反田のスナックに勤め始めた。

そうしてそのバーテンとも別れ、やがて店で諸井と知り合い、今はスーパーマーケットの事務員をしている。

改めて考えなくとも、自分が今まで男によって生き方を決めてきたということぐらいわかっている。愚かなことだったかもしれないが、その時は、これが自分にいちばんふさわしい生き方だと信じて選んできた。

男には恵まれなかったが、自棄になったことはない。仕事は何度も変わったが、どの職場でも労を惜しまず働いた。辞める時はいつもとても残念がられた。働くことが嫌いじゃない、ということだけが、自分の取柄なのかもしれないと、今は思っている。

東京で、姉の言うところの、最高の条件の男、と結婚した姉からは、家族の恥だと言われた。姉の結婚式には出たし、両親が上京した時はみなで食事をしたりもしたが、もともとソリの合わない姉とは同じ東京で暮らしていても頼るつもりはなかったので、何を言われても傷つくようなことはなかった。

考えてみると、中学生の頃、姉の好きだった男の子からラブレターを貰った時に、姉の要子に対する嫌悪は決定的になったように思う。もしかしたら、一時期、二、三度しか会ってない義兄から何のかんのと連絡があったことも、姉は勘付いているのかもしれない。

姉のことは構わない。これからも付き合いが変わることもないだろう。変えたいとも思っていない。ただ、両親に対してはずっと気が咎《とが》めていた。父は亡くなる直前まで「どうして要子は男運がないのだろう」と、嘆いていたと聞いている。

新幹線で高崎まで行き、そこからバスに乗り換えて一時間半ほど走る。

以前は三十分に二本あった路線が、一本に変わっていた。利用客がそれほど少なくなったということだろう。

やがて、小さなアーケード街の前のバス停に降り立った。要子の実家はそこを通り抜け、十五分ほど歩く。

アーケード街は寂れ果て、やっと息をしているようだった。町から二十分ほど車を走らせたところに、大きな郊外型ショッピングセンターができてから、比較的若く、車を持っている住民たちは、みなそちらに行ってしまったという。このアーケード街を利用しているのは、若くもなく車もない年寄りばかりだ。

小さい頃、町の子供にとって、このアーケード街は憧れの場所だった。天気のよい日はアーケードが開かれ、雨が降ると閉じられる。雨が降っても傘をささずに歩けるというのは、その頃には画期的なことだった。母親が買物や知り合いと立ち話をしている間、駄菓子屋の店先で、ひとつだけ買うことを許された菓子をどれにしようか五十円玉を握り締めながら真剣に頭を抱えていた。子供ひとりでは決して店内に入れてもらえない意地悪な親爺がいた玩具屋や、きれいに化粧したお姉さんがいつもにこにこ笑っていた化粧品屋や、子供向けの本のすぐ近くにエロ本が置いてある本屋があった。今ではその半分がなくなり、残りの半分も行く末は見えている。

「あら、要子ちゃんじゃないの」

ちょうど薬局から出てきた年寄りに声を掛けられた。一瞬誰かと思ったが、やがて同級生の母親だということに気がついた。

「あ、どうも。ご無沙汰してます」

「お里帰り？」

「ええ、まあ」

この老婆も、要子がまだ小学生だった頃、家具屋だったか建具屋だったかの店主と怪しいなどと噂されていた。店主の方はとっくに死んでいるはずだ。

「おかあさん、目、よくないんだって？」

田舎の噂話は新聞より早く広がる。

「本人は大丈夫だって言っているんですけど」

言い訳するように要子は答えた。

「でも、目は大変だから、ひとり暮らしも心配だいね」

まるで責められているような気持ちになり、つい、要子は尋ね返した。

「良子ちゃんは今も高崎ですか？」

自分の娘だって離れた場所で暮らしているではないか。

「そうよ。子供が三人、上の女の子が今度高校受験でね、いろいろと良子も迷ってるみたいよ。二番目は男の子なんだけど、サッカーに夢中らしくて……」

話を打ち切るように、要子は言った。

「良子ちゃんによろしく伝えてください」

ここで腰を据えて話し込まれても困るだけだ。

アーケード街を抜けると、すぐ舗装されていない道路に出た。歩くたびに埃が舞い上がり、要子の黒のパンプスが白くなった。

東京の美容専門学校に行きたいと言った時、両親はいい顔をしなかった。特に母は「高崎にもあるじゃないの」と、なかなか首を縦には振らなかった。

「おねえちゃんは行ったでしょ」

姉の国立大学進学と較べるのは我ながら気が引けたが、とにかく上京したかった。東京に何がある、ということではなかったが、そこに行けば何かが何とかなるように思えた。

資格を取ったら戻る、という約束だったが、結局、取ることはできなかった。それから帰省するたび、父はよく「戻って来い」と口にしたが、意外なことに、母は何も言わなかった。前に一度、聞いたことがある。母の答えはこうだった。

「東京に出した時から、こうなると思っていた」

実家は典型的な兼業農家だったが、父が死んでから畑の大部分は人に貸し、残った千平米ほどを母が世話をしていた。納屋には農作業に使う鎌や鍬が、湿った土をつけたまま置いてあった。

「ただいま」

声を掛けると、奥から母の声がした。

「ああ、お帰り」

靴を脱いでいると、母が出てきた。

「早かったね。電車、混んでなかった？」

「そうでもない、平日だし」

どういうわけか、最初に母に会う時、いつも言葉遣いがぶっきらぼうになってしまう。それは単なる子供っぽい照れ臭さなのだが、母がそれをどう思っているか、いつも気になる。いったいいつになったら「かあさん、元気だった？」などと、自然にいたわりの言葉を掛けられる大人になれるのだろう。

茶の間には裁縫道具が広げられていた。

「あら、浴衣？」

花柄の浴衣を母がそそくさと片づけた。

「ああ、ちょっと頼まれてね」

「縫えるの？」

「当たり前でしょ。ほどいたりも縫い直しもみんなしとるわ」

「そう」

確かに、母はそう悪くなさそうに見えた。目は少し濁っていて、はっきりと焦点が合っているわけではないようだが、母の年齢になればこれくらいは仕方ないのかもしれない。要子の周りにも、近視や乱視や老眼の人がいるが、その程度と変わらないように思えないでもない。実際、得意な裁縫はまだ続けられているし、台所の棚から要子の湯呑み茶碗や煎餅を取り出す様子も、ポットから急須に湯を入れる動作も、急須から茶碗にお茶をいれる作業もスムーズで何の変わりもなかった。

母が要子の前に腰を下ろした。

「もっとひどいのかと思ってた」

「何が？」

「目よ。さっき、良子ちゃんとこのおばさんに会ったんだけど、言われたんだ、よくないみたいなこと」

要子は茶碗を口に運んだ。

「だから電話でも言ったじゃない、大丈夫だって。いやね、噂ばっかり大きくなって。私を勝手に病人にしないで欲しいわね」

母の声はいたって明るい。要子は拍子抜けしながらも、ほっとしていた。これなら、まだひとりでも不自由することはないだろう。叔母も良子の母親も大げさすぎるのだ。それだけ、みんな年を取ったということなのかもしれない。

夕食は久しぶりに母の手料理を満喫した。ご飯茶碗に姉のものが出てきたのは、自分で取り替えたが、テーブルの上には、要子の好きな蓮蒸しや、畑でとれたばかりの野菜を使った煮物や和え物が並んだ。ただその中に、帰省するたび母が得意として必ず食卓に登場させていた野菜と桜海老の搔揚げがなかった。

「あら、今日、搔揚げは？」

「ああ、最近、油ものはもう重くて食べる気がしないの。作った方がよかった？」

「ううん、いいんだけどね」

不満を言うほどのことではない。油ものは、要子も少しずつ苦手になってきている。

母と娘というのは、久しぶりに顔を合わせても話題にそう困るということはない。今の職場や、毎日の暮らし向きなど、どうでもいいようなことをつまつまと話した。もし、ここに父がいたらきっと「いい相手はいないのか」などと聞いたろう。父親というのは、娘への心配を胸の中にしまっておくことができない生き物だ。よい返事がないことがわかっていながら、それをやってしまい、娘の気持ちを逆撫でして背を向けられ、ますます心配を募らせてゆく。

後片付けをしていると、ガス台に面した壁一面にステンレスが張られているのに気がついた。

「どうしたの、これ」

残り物にラップを掛けていた母が顔を向けた。

「なに？」

「ガス台の周り」

「ああ、あんまり油が跳ねて汚れたから、張ってもらったの」

「ふうん」

その夜は、少々かび臭い、それはそれで安心する匂いの布団にくるまれて眠った。二階にある要子と姉の部屋は今もそのままになっている。高校生まで使った机や、ところどころにシールの貼ってあるタンス、あの頃夢中だったアイドルのポスターが、ほとんど日に焼けてはいるが、今も壁に残っている。

この部屋の中で、あの頃、要子はここから飛び出すことばかり考えていた。目的などなかったが、ここにいたら目的を果たせないように思えた。とにかく東京に出れば、何かが動き始めるに違いないという気がした。それが何かわからなくても、若さというエネルギーはここに要子を留まらせておこうとはしなかった。

後悔なんてしていない。今さら、後悔なんて言葉を使うことすら気恥ずかしい。こうやって生きてきた、ただそれだけのことだ。

翌朝、目が覚めると母はもう畑に出ていた。

せめて朝食でも作ろうと冷蔵庫を開けると、まだ封の切ってないハムが入っている。それを手にしたが、賞味期限が二週間も過ぎていた。母は普段ハムなど食べない。たぶん要子のために最近買ったものと思えたが、日付を確認しなかったのだろうか。

スーパーマーケットに勤めているせいもあって、そういうことが要子はとても気になる。朝食の時、母に尋ねると、案の定、気づかずカゴに入れてしまったということだった。

「それにしてもひどい、古いハムを平気で置いておくなんて。うちだったら、絶対消費者センターに訴えられる。後で苦情を言ってこようか」

「いいって。たまたま、処分するのを忘れただけで悪気があったわけじゃないんだから」

「要子、やっと料理がうまくなったね。この味噌汁、おいしいよ」

「そう？　夕食も私が作るから」

「へえ、じゃあ楽しみにしてる」

「後で買物に行ってくるわ」

母は目を細めて味噌汁の椀を口にした。

午後になって買物に行こうと外に出ると、隣のおばさんが玄関を掃いていた。

「こんにちは、ご無沙汰してます」

「あら、要子ちゃんじゃないの、久しぶり」

挨拶だけしてあっさり通り抜けるつもりだったのが、おばさんが足早に近づいてきた。

「元気そうね。三年ぶりぐらい？」

「まあ、そんなものです」

「今は何してるん？」

だから田舎はいやなのだ。遠慮なく、他人のプライバシーに立ち入ってくる。

「普通の会社勤めです」

適当に答えた。

「そうなの、てっきり美容師さんになるとばっか思ってたんにね。そうしたら、おばさんの髪もやってもらおうって、楽しみにしてたんに」

その話は帰省して顔を合わせるたびしている。美容師になるのを諦めたのは、もう二十年近くも前のことだ。

「すみません」

そうして、それを言われるたび、要子は謝っている。

「杉江ちゃんも元気？」

「はい、何とか」

「大きな銀行に勤めてるりっぱな人と結婚したんでしょう、すごいねえ」

このご時世、大手といえど銀行員をりっぱだなんて誰も言わないが、もちろん、その言葉もありがたく聞いておく。

不意に、おばさんが声を潜《ひそ》めた。

「あのね、話していいもんか、ずっと迷ってたんだけど」

「はい……」

「おかあさんから、内緒にしておいて欲しいって頼まれたもんだから、隣町の妹さんにも言ってないの。でも、やっぱり何て言うか、このまま黙ってるっていうのもねえ。こうして久しぶりに要子ちゃんも帰って来たんだから、いい機会じゃないかと思って」

胸の中が不穏にざわついた。

「何かあったんですか？」

「あのね、もう三ヵ月ほども前のことになるんだけど、お宅のところで、小さなボヤがあったのよ」

「えっ」

思わず声を上げていた。

「いえね、ボヤって言っても、消防車をよぶほどのことでもなくて、おかあさんの叫び声に、うちの亭主が消しに行ってすぐ収まった程度のことでね。後で聞いたら天ぷら鍋に火が入ったんだって。でもね、とてもショックだったらしくて、おかあさん、それからしばらくすっかり悄気《しょげ》ちゃってね。家に引きこもったままだったんよ。台所はきれいになってたでしょう、大工さんに来てもらって、ステンレスを張ってもらったから」

「そんなことがあったんですか……」

要子は昨夜の食卓に、いつもの天ぷらが載らなかったことを思い出していた。油ものはもう重過ぎて――あれは母なりの言い訳だったのだ。

「もしかしたら、やっぱり目の調子があんまりよくないんじゃないかね。普段はちっともそんなこと感じないんだけどね。もちろん、それが原因じゃなくて、誰でも油断するってことはあるわけだけど。私も、この間、アイロンのスイッチを入れたままにして、畳に焼け焦げを作ったし」

「ご迷惑をお掛けしました」

要子は深々と頭を下げた。

「誤解しないでね、恩を着せるつもりなんかないの。ただ、ちょっと気になったもんだから」

「わかってます。本当にすみませんでした。感謝してます。ありがとうございました」

母の目はやはり悪くなっているのだろうか。帰ってから見た分には、日常生活に不便はさほどないように思える。おばさんが言ったように、たまたま油断したのかもしれない。けれど、どちらにしても、母が老いに向かっているのだけは確かだった。

買物から帰ると、意識して家の中を回って見た。確かに、以前と較べると掃除は行き届いていないように思えた。部屋の隅や、棚の上には白く埃がたまっていた。けれども一人暮らしなら、掃除もこれくらいなおざりになってもしょうがない気がした。引き出しが三センチばかり開いたままになっているのも、廊下の電球が切れたままになっているのも、面倒くさいという理由ならそれで片付けられた。新聞をやめてしまったことも、カレンダーが二ヵ月前からめくられていないことも、ひとつひとつは気にしないでおこうと思えば、大したことではないように思えた。

その夜はすき焼きにした。材料と一緒に缶ビールを二本買い、食卓に載せた。

「お酒なんて飲むのは何年ぶりかしらね」

もともとアルコールに強くない母だが、三口ほど飲むと、もう十分、とグラスを置いた。

「ねえ、病院には行ったの？」

「何の病院？」

「白内障って、再発すること結構あるんでしょう」

「あんたも疑い深いね」

母が鍋をつつきながら、呆れたように笑った。

「だって、かあさんが言うほどいいようには思えないんだもん」

「年を取れば、いろいろ悪いところが出てきて当たり前じゃない。そりゃあ、確かに見えにくくはなったけど、普段の生活で困るようなことはないし、縫いものだってできるし、畑にも毎日出てるんだから」

「そうかもしれないけど」

ボヤのことは聞けなかった。

「私のことは気にしなくていいから。明日、東京に帰りなさい」

「本当にいいの？」

「いいのよ、それで」

「本当に？」

「しつこいよ」

たった缶ビール一本なのに、要子も酔ってしまったみたいだ。頭の中が薄い膜が張ったようにぼんやりしている。東京では、それこそ浴びるように飲んでも酔えない時があるというのに。

「ねえ、ずっと聞きたかったことがあるんだけど」

言ってから、少し照れた。本当に酔ってしまったみたいだ。

「なあに」

要子は短く息を吸い込んだ。

「私が東京に行きたいって言った時、かあさん、すごく反対したよね」

「そうだったかね」

「姉さんの時は、すんなりいいって言ったでしょう。そりゃあ、姉さんと違って私はいい大学に受かったわけでもないけど、あんなに反対されるとも思ってなかった。どうして？」

「今になって、そんなことを言われてもねえ」

「今だから聞きたいの。何を言われても怒ったりしない、もうそんな年じゃないもの。ただ、知りたいだけ」

「そうねえ……」

母は困ったようにわずかに首を傾げ、やがて口を開いた。

「最初から、私は、あんたには東京が似合わないって気がしてね」

「じゃあ、姉さんは似合ってたわけ？」

母の答えは不満だった。どう見ても、姉の杉江よりか自分の方が美人だったし、お洒落や流行にも敏感だった。

「何て言ったらいいのかね」

母は箸を置いて宙を眺めた。その焦点ははっきりと合っている。

「あんた、覚えてない？　小さい時、どこかから捨て猫を拾ってきたの。その猫っていうのが汚くてね。ただ汚いだけじゃなくて、皮膚病にかかってて、毛にはシラミやノミがたかってた。それなのに、あんたは平気でその猫をしっかりと胸に抱いて帰ってきた。そりゃあ杉江だって、拾ってくることはあったわよ。でもね、そういう時はちゃんと段ボール箱に入れてくるとか、入れるものがなかったら、いったん家に帰ってそれを持ってもう一度拾いに行くとか、そういうことをする。抱くにしても、まずは猫を洗って、きれいにしてからなんよ。でも、あんたと来たら、いつも感情が先に走り出すっていうか、こうって思ったら、頭で考えるよりも先にもう胸に抱き締めているようなところがあった。杉江なら何とかやっていけるだろうけど、そういうあんたみたいな子が東京で幸せになれるとはどうしても思えなかったんだわ」

要子は黙って聞いていた。

母の言葉が素直に胸に沁みていた。もしあの時、そんな母の思いを理解して田舎に残っていたら、今頃、どんな人生を送っていただろう。ささやかながらも、幸福に満ちた毎日を過ごしていただろうか。たったひとりの男を愛し、その男の子供を産み、育て、緩やかに老いてゆく。

頭の中では、そんな人生が送れるとは限らないとわかっていても、人は、生きられなかったもうひとつの人生に、死ぬまで嫉妬し続けていくものなのかもしれない。

翌日は、昼前には家を出た。

玄関に出る時「荷物になるだろうけど」と、母が風呂敷包みを差し出した。

「浴衣だよ。来年の夏用にするといいわ」

「え、あの浴衣、私のだったの？」

「そうだよ」

母が少し照れくさそうに笑った。

要子はそれを受け取り、パンプスに足を滑りこませた。

「そうか、うん、ありがとう」

「じゃあ行くわね」

「ああ、気をつけて」

「本当にかあさん、ひとりで大丈夫？」

「いったい何度言わせるつもりなん、あんた」

母が呆れて笑っている。

「じゃあほんとに行くけど、何かあったらいつでも電話して」

三年ぶりで帰省しておいて、急に殊勝なセリフを口にしている。勝手なものだと、自分でも思う。

「わかったから、ほら、バスの時間」

もっと言わなければならないことがあるような気がしたが、うまく言葉にならなかった。玄関の外まで母が見送りに出てきた。要子は一度だけ振り返って小さく手を振ったが、それからは前だけ見て歩いた。いつまでもそこに立って見送る母の姿を見たくなかった。

アーケード街を抜けて、バス停へと歩いてゆく。またパンプスが砂埃で白く汚れている。

バスが来るまでまだ少し時間があり、要子はベンチに腰を下ろした。パンプスの汚れをティッシュで拭ってから、母から渡された浴衣が入った風呂敷包みをボストンバッグに入れるため改めて手にした。バッグに合わせて包み直そうと開いた時、ふと中の浴衣に目がいった。

「これは……」

それは要子の浴衣ではなかった。よく見ると、父や母の古い浴衣をほどいて縫い直された……それが何か気がついて、要子は胸を衝かれた。

母の秘かな決心を垣間見たような気がした。同時に、母の目がやはり不自由になっていたことも確信した。

いいや、そのことに本当は要子も気づいていた。なのに、すべてのことを自分の都合のよい方に理解して、ひとりでも大丈夫、という母の言葉を受け入れた。

テーブルに出された姉の茶碗、賞味期限の切れたハム、天ぷら鍋のボヤ、開けっ放しの引き出し、二ヵ月もめくられていないカレンダー、悪くなっていないはずはないではないか。

朝、茶の間の隅にふたつの風呂敷包みがあった。要子に渡そうとしていたのは、もうひとつの方だったに違いない。

もし母が、渡したのが違う方の包みだと気づいたら……。

どんなに悲しむだろうか、どんなに傷つき、後悔するだろうか。それを考えると体が捩《よじ》れそうになった。

その時、携帯電話が鳴り出した。

「俺だけど」

諸井の声がした。距離のせいか、少しノイズが入っている。

「今夜、アパートに行くのわかってるよな。夕方には戻ってるんだろ」

要子は黙った。

「もしもし？」

「ごめんなさい、今日は戻れないわ」

「おいおい、そっちにまた泊まるのか」

「ええ」

「じゃあ、明日のローテーションはどうなってるんだ。人手が足りないなんてことはないだろうな」

「悪いけど、それはあなたに任せるわ」

諸井の声がひどく不機嫌になった。

「そんな勝手なことが許されると思ってるのか。いいから、すぐ戻ってくるんだ」

要子の中に、僅かながら残っていたものが小さく音をたてて砕けていった。それを諸井への情と呼ぼうにも、そんなものはもうずっと前に朽ち果てていた。

「いいえ、戻らない。今、決めたわ、もう東京には戻らないって」

「何を言ってるんだ……」

最後まで聞かずに要子は電話を切った。ずっと男の都合に合わせて生きてきた。今、自分の身勝手を通さなくていつ通すというのだろう。

要子はベンチから立ち上がった。

家に帰ろう。帰って、こっそり茶の間に行こう。そうして、浴衣の入った風呂敷包みとこの包みを取り替えよう。母が気づかぬうちに。母を傷つけぬうちに。

それから、ここで生きられなかったもうひとつの人生を始めてみよう。

そう思ったとたん、要子はもう走り出していた。

アーケードを抜け、舗装されていない道に出る。黒いパンプスが、砂埃でみるみる白くなってゆく。それにも気づかず、要子は家へと急いだ。

# 彼方より遠く

夕方三時半には家を出る。

自転車に乗り、ほぼ四十分をかけて新宿五丁目の店に向かう。途中マーケットに寄り、今夜のお通しの材料と、店の冷蔵庫に足りない食材をカゴの中に入れる。ついでに切れそうになっていたトイレットペーパーと洗剤も手にする。自転車の前のカゴにひとつ、ハンドルの両方にふたつの荷物を下げ、再び、緩やかな勾配を五分ほど走らせる。

築二十年は過ぎたであろう雑居ビルの前で、由紀江は自転車を降りた。隣のビルとの間に、一メートルばかりの隙間があり、そこにビール壜のケースや段ボール箱が重ねてある。荷物を降ろして、その奥へと自転車を入れた。前に一度盗まれたことがあり、その時から、出し入れが面倒でも、通りから見えない奥の方まで入れるようにしていた。

荷物を手にして、エレベーターのボタンを押すと、眠っていた獣が起きだしたような音をたててドアが開いた。店は三階にあり、そこに降り立ってから、由紀江は足を止めて振り返った。

外階段に続く踊り場から、ひしめくように重なり合ったビル群の隙間に、まるで奇跡のように遠くを見通せる空間があった。時には、そこに墜ちてゆく夕日を眺めることもできた。しかし今日は何もない。煤けた空が、瀞《とろ》のように延々と続いているだけだ。

店のドアを開けると、昨夜の残滓が溢れ出てきた。酒と煙草と吐息と笑いと憂鬱と自意識。それらがないまぜになって、どれだけ時間がたっても、どんなに掃除をしても、壁や天井やスツールに積み重なるように染み込んでいる。

由紀江はその匂いが嫌いではなかった。半年前に働き始めた頃の違和感は消え、むしろ、嗅ぐとホッとするような寛いだ気分になる。

生まれたばかりの子供が、目は見えなくとも母親の乳の匂いだけは嗅ぎ分けられるように、常連の客たちもそうなのかもしれない。今夜もまた、いつもの顔触れが店に集まってくるだろう。

店の名は『薫』という。ママの名前をそのまま使っている。カウンターが七席に、奥にソファ席がひとつ、細長く小さなバーだ。カラオケは旧式のがあるが、由紀江がこの店に来てから客が唄っているのを見たことがない。酒と、ちょっと気の利いたつまみを出す程度の店で、ママと由紀江のふたりでやるには十分だった。

ママは三十代初めでこの店を持ち、ずっとひとりで店を切り盛りしてきたが、さすがに六十歳近くなって疲れを感じるようになり、三年ほど前から女の子を入れるようになったという。

「腰やら膝やら、めっきり身体の調子が悪くなってね。私もどうやらガタがきたらしいわ。前にいてくれた女の子が急に辞めた時に、本当はもうこの店はたたもうって考えてたの」

採用が決まったとき、ママは安心したのか愚痴ともつかぬことを洩らした。

「でも、いい女の子が見つかってくれてよかったわ。これでもうしばらくは頑張れそう」

女の子、と口に出されて、由紀江はうなだれた。由紀江は三十一歳になる。とてもそう呼ばれるような年齢ではない。それに気づいて、ママは慌てて首を振った。

「あら、そんなつもりで言ったんじゃないのよ。前にいた子も三十歳を過ぎてたわ。私からみればあなたの年ぐらいの子はみんな女の子なの。それにね、うちは色気で売る店じゃないし、お客さんたちは、こう言っちゃなんだけど年寄りが多いから、あんまり若すぎるのも考えものなの。あなたぐらいがちょうどいいのよ」

ママの言う通り、常連客たちはママに似たような年代かそれより年嵩《としかさ》で、初めてカウンターに入った時は驚いた。みな、二十年三十年と通い詰めているという。

開店は六時だが、ママは最近、七時を過ぎなければ現われない。だいたいその頃でないと、客が集まらないというのもある。今ではレジ以外、由紀江にほとんど任せ切りの状態となっていた。

掃除を終え、仕込みを済ませ、冷蔵庫の壜ビールの本数を確認していると、ドアが開いた。六時ぴったりだ。由紀江は厨房からカウンターに出た。

「いらっしゃいませ」

右の手のひらをこめかみの辺りにまで上げて、老人がひとり入ってきた。

ひどく小柄で痩せている。禿げてはいないが短く刈り揃えた髪はほとんど白髪で、白いシャツにグレイのジャケットを羽織り、黒っぽいズボンをはいている。襟元にはアスコットタイ。確か七十をふたつかみっつこえているはずだ。

「金田さん、お久しぶりです」

由紀江はおしぼりをカウンターの上に置いた。

金田が目を細め、うんうん、と二、三度頷き、スツールに腰を下ろした。

「今日はお早いんですね。何になさいますか？」

金田はベストのポケットから十五センチほどの小さなマイクのような器具を取り出し、喉に当てた。

「ビールをもらおうかな」

それは首からチェーンでぶら下がっている。

「はい」

由紀江は冷蔵庫の中からビールを取り出し、グラスに注いだ。

「元気そうだね」

「おかげさまで。金田さん、しばらくいらっしゃらなかったでしょう、ママも心配してたんですよ」

「ちょっと若い恋人とアバンチュールをね」

金田が笑い、そうすると細い目が皺の中に埋め込まれて見えなくなる。その表情はひどく人を和ませる力を持っている。

由紀江はくすくす笑いながら通しを小鉢に盛った。しめじにえのき茸に椎茸、それと黄菊を擂《す》ったくるみで和えたものだ。

「いいねえ、由紀江ちゃんがこんなに料理が巧かったというのは、嬉しい誤算だったねえ」

金田がますます目を細める。

器械を通した金田の声は、不思議な音色を持っていた。確かに機械的ではあるのだが、どこかユーモラスで、とぼけた感じがする。それが金田の風貌とよく似合っている。

金田は五年ほど前、喉頭ガンを患い、声帯をなくしたという。食道を使っての発声も練習すれば習得できるらしいが、本人は「これで十分間に合うから」と、バイブレーターによる発声器を使っていた。ママに言わすと「昔はドスの利いた嗄《しゃが》れ声だった」のだそうだ。

金田はかつては相場師としてずいぶん鳴らしたらしいが、十年以上も前に引退し、今は新宿区内のマンションで一人暮らしをしていると聞いている。

「ママも昔は色々とつまみを作ってたんだけど、最近はすっかり手を抜くようになってね。もともと、こんな商売をしていながら料理が下手っていうのもあるけど、枝豆とか落花生とか、ひどい時はスーパーのパック入りの惣菜だからねえ」

「金田さんの好きな大根と柚子の醤油漬けもありますけど」

「おっ、嬉しいね。じゃ、それも貰おうか」

「今夜辺り、金田さんがいらっしゃるんじゃないかなって作っておいたんです。ちょっと待ってくださいね」

由紀江は厨房に入り、冷蔵庫からタッパーを取り出した。

「いいねえ、たまんないね。由紀江ちゃんがここに来てくれてから、店の雰囲気も、何て言うか和やかになったからねえ」

「私なんか、いつも失敗ばかりです。この間も、お客さまの服にお酒をこぼしてしまったし」

「そんなこと、何でもないさ。出来すぎた子は却ってこの店には似合わない。とにかく、あっちにいたよりずっと元気そうだ。明るくなった」

金田の前に、由紀江は備前焼きの皿に盛った漬物を置いた。

「私、人気ぜんぜんなかったですから。いつも店長に叱られてばっかりで」

「由紀江ちゃんを見て、向いてないとすぐわかったよ」

この店に来る前、由紀江は歌舞伎町のキャバクラで働いていた。客と会話を弾ませることもできず、膝を触られるだけで身体を硬くし、若くも美しくもないホステスは、当然だが、指名がかかることはなかった。

たまたま、金田の席に付いた。というより、店長が金田に押しつけたというのが本当のところだ。金田はキャバクラの中でも顔で、ホステス達にも人気があった。女の子の太ももに手を置き「死にそうな老人なんだから大目に見てくれ」などと、例の器械のとぼけた声で言い、それを聞くと誰もがつい笑ってしまうのだ。

由紀江はソファの端に座って、水割りを作ったり、灰皿を交換したりしていた。早い話、雑用だ。不意に金田に声を掛けられた。

「名前は?」

「クミです」

源氏名を告げた。

「楽しいかい?」

そんなことを聞かれたのは初めてで何て答えればいいのかわからなかった。

「楽しまなくちゃね、どうせ生きるなら」

それから、金田は店に来ると必ず由紀江を指名の中のひとりに加えるようになった。相変わらずソファの端で、水割りを作ったり、灰皿を替えたりした。それが三ヵ月ほど続いて、由紀江ひとりが指名された。そうして、おずおずと席に着いた由紀江にこんなことを言ったのだった。

「五丁目に小さなバーがあるんだ。カウンターとソファがひとつだけの小さなバーだ。今、ママがひとりでやってるんだけど、任せられる子が欲しいんだ。君ならやれると僕は思う。どうだろう、考えてみてくれないか」

唐突な申し出に驚いた。

「どうして私なんか」

金田はそれが癖なのか、顎を突き出して小刻みに頷いた。

「君は、僕が最初に頼んだ水割りのことをちゃんと覚えていてくれたね。半オンスで氷は三つ。二回目に行った時、何も言わないのにその通りのを作ってくれた。できそうで、できないことだよ。とにかく、一度、その店に一緒に行ってみないか」

翌日、店の始まる前、金田と共に『薫』に出向いた。ママは少し太っていて、それが柔和な印象を与え、相手を寛《くつろ》がす雰囲気を持っていた。若い頃はさぞかし愛らしかっただろうと想像できた。

キャバクラに勤めるのが限界だということはわかっていた。年を五歳サバをよんでいるが、それだって店長やまわりの女の子にはバレているだろう。人気のない自分はいつ辞めさせられてもおかしくない。辞めさせられれば、次を探さなければならない。

面接とは呼べないくらいの雑談をした。出身はどこだとか、今までどんな店で働いていたか、というようなことだ。田舎は島根で、上京して四年。水商売を始めてから三年、今の店には半年前から、などと話した。

「金田さんの推薦だから、最初から間違いないと思ってたの。どう、うちに来ない？」

ママがテーブルの向こうから穏やかな笑顔を向けた。由紀江は頷いていた。迷う理由など、どこにもなかった。

「本当にいいお店を紹介していただいて、金田さんには感謝してるんです」

「それは僕のセリフだよ。おいしい惣菜を食べられるのは嬉しい限りだからね」

金田はすぐにビールを空けて、ウイスキーに変えた。相変わらず半オンスで氷は三つ。喉や年齢のこともあるというのに、金田はよく飲み、煙草も吸う。我慢してストレスをためるよりも寿命が延びる気がしてね。と、いつも笑っている。

二番目の客が入ってきた。常連客のひとりの電器屋だ。六十近くの電器屋は、汗っかきでいつも額をてかてかさせている。東北の訛《なま》りが抜けず、話すといつも懐かしい気持ちにさせられる。

「よっ、由紀江ちゃん、こんばんは」

「いらっしゃいませ」

「おやおや、金田さん。お久しぶりで」

ひょこりと頭を下げて、金田の隣に腰を下ろした。

言われなくとも、由紀江は焼酎のお湯割りを作り始める。梅干しが二個。それが電器屋の飲み方だ。木村がめざとく金田の前にある小鉢を指差した。

「あ、この漬物、僕のもある？」

「もちろんです」

「好きなんだなぁ、由紀江ちゃんの作ってくれる漬物」

電器屋が相好を崩した。

次にサラリーマンの二人連れが入ってきた。ふたりとも五十歳は過ぎている。

「いらっしゃいませ」

月に二度ばかり顔を見せる客だ。由紀江は棚からボトルを取り出し、水と氷のセットを整えた。

客層からして、そう遅くまで粘る客はほとんどなく、早ければ十一時半、遅くとも一時前には看板になった。

ママを先に帰し、後片付けを済ませ、最後に火の元と戸締まりを確認して、由紀江はゴミ袋を手に店を出た。今夜は十二時半を少し回っていた。

ゴミを所定の場所に入れ、自転車をひっぱり出して、アパートへと向かう。十月に入ってから風が急に冷たくなった。首をすくめ、ペダルをこいだ。寒さでつい肩に力が入り、だんだん痛くなってくる。そろそろマフラーが欲しくなる。日中はまだ汗ばむほどの日差しもあるというのに、夜はすっかり暦通りだ。

帰りはいつも、ペダルをこぐ速度が速くなった。店で働いている時はそうでもないのだが、帰り道になると必ず、アパートで何か悪いことが起きているような気になった。車も少なく、信号も点滅ばかりで、帰りは十分は早く着く。それなのに、夜道がまどろこしく感じられた。

古い木造のアパートに、由紀江は高士とふたりで暮らしている。上京してからだからもう三年になる。家賃が安いというのが何よりだが、ここら界隈は外国人が多く、入居者の出入りも激しくて、誰もが隣人に無関心というところが自分たちには似合いの場所に思えた。

自転車置場に自転車を突っ込み、もどかしげに階段を登って、鍵を差し込んだ。

ドアを開けると、わずかに饐《す》えたにおいがした。同時に奥の部屋から不規則な鼾《いびき》が聞こえてきた。

高士が帰っていることを、嬉しいと思っているのか、怯えているのか、自分でもうまく理解できなかった。そのまま、由紀江は靴を脱いで部屋に上がった。

部屋は六畳の和室がふたつに、四畳半の台所だ。窓が北東を向いているので、日差しは朝の少しの時間しか入らない。特に奥の六畳は、窓が隣のビルの壁にぴたりとついていて、昼間でも電気をつけなければならない暗さだった。

寝るだけの部屋なんだから暗くてもいいよな。

不動産屋に案内されてこの部屋に初めて入った時、高士は由紀江を振り向いて言った。

その言葉だけで、由紀江は背骨が砕けてゆくような感覚を覚えた。ここで、誰に遠慮することなく高士と愛し合える。由紀江はすでに、高士が連れていってくれるあの瞬間のことを想像し、早くふたりになりたいとばかり考えていた。

ええ、私はここで構わない。

高士が、自分の身体のタガのすべてを握っていることを由紀江は知っていた。自分は、まるで散歩に連れ出されるために鎖をはずされるのを辛抱強く待つ幸福な犬のようだと思った。

高士と出会うまで、由紀江は自分が、自分の身体が、そんなふうに溶けだしたり、ばらばらに感じたりするなんて思ってもいなかった。

着替えを済ませ、顔を洗って、由紀江は襖の前で立ち尽くした。部屋に入って押し入れを開け、布団を敷こうとすればきっと高士は目を覚ますだろう。ほどよい量を飲んでいれば、もしかしたら優しい言葉があるかもしれない。けれども、過ぎていたら、もしくは足りなければ、その後どんな状況に陥るか、すでにわかっていた。

こっちの部屋で、このまま丸まって眠ってしまおうか。そんなことを迷っていると、聞こえていた鼾が止まった。由紀江は身体を硬くした。

「帰ったのか」

「うん」

由紀江はゆっくりと襖を開けた。においがいっそうきつくなった。アルコールが体内でさらに発酵を深めている。布団に近づき、枕元に腰を下ろした。

「ただいま、高ちゃん。起こしちゃってごめんね」

高士が薄く目を開けている。焦点の合わない、ぼんやりした目だ。黒目の色が薄くなり、濁った白目との境目が曖昧になっている。

「いいさ」

よかった、今夜は機嫌がいいようだ。

「おなかすいてない？　何か作ろうか？」

「いいから、早く寝ろよ」

高士はぶっきらぼうに言い、ごろりと寝返りを打った。その拍子に掛け布団がめくれ、Tシャツとトランクスの後ろ姿が見えた。

尻も腿もすっかり痩せて、皮膚も青白くかさかさしている。もともと高士は、腕も脚もがっしりと太く、厚い胸をしていた。三年で、人間がこんなにも姿を変えられることの不思議を思った。

高士の背に布団を掛け、音をたてないよう注意しながら自分のを敷き、ようやく由紀江は眠りについた。


よほどひどい雨でない限り、由紀江は毎日自転車で店に向かう。

そのために、フード付きの雨がっぱとズボンを揃えている。行きの電車賃と帰りのタクシー代がもったいないというのがいちばんの理由だ。

雨の夜は客足が鈍る。九時になっても、ドアが開くことはなく、さっきから熱燗を飲んでいたママが、ため息混じりに手招きした。

「由紀江ちゃん、お猪口《ちょこ》を持ってこっちに回ってらっしゃいよ。今夜はもう駄目みたい。ふたりで飲みましょう」

言われた通り、由紀江はカウンターを出て、ママの隣のスツールに腰を下ろした。

「もうすっかり慣れたみたいね」

「いいえ、まだまだ」

「うちのお客さんって年寄りばかりでしょう、そろそろいやになってるんじゃない？」

猪口にママが酒を注いだ。

「そんなこと。みなさんにご迷惑をかけてばかりで申し訳なく思ってます」

由紀江は軽く猪口に口をつけた。

「そんなことないってば。ほんとによくやってくれるから助かるわ。おつまみが楽しみだなんて、お客さんたちに言われるようになるとはね。今日の煮付けもすごくおいしいわ」

ママが僅かに口元を緩め、箸で軟らかく煮込んだ蛸を口に運んだ。

「料理だけじゃなく、掃除も丁寧で手を抜いたりしないし。換気扇もシンクもぴかぴかにしてくれて、何だか店全体がこざっぱりした感じ。いつも早く店に来てくれてるんでしょう。すごくありがたく思ってるのよ」

由紀江は小さく首を振った。

「私、愚図だから、何をやっても人より時間がかかってしまうんです。だから、早く来ないと開店の時間に間に合わなくて」

「でも由紀江ちゃん、お客さまの顔はすぐ覚えたじゃない。どんな飲み方をするかも」

「顔や飲み方は覚えられても、一度に注文されるとすぐわからなくなるし、ママがいない時はお勘定の計算がうまくできないし、気も利かないし」

「そんなこと誰も気にしてないわ。むしろ、そういうところがいいっていうお客さんばっかりよ」

ママが顔を向けるのが頬に感じられた。

「ねえ、由紀江ちゃん、前は普通の奥さんだったんじゃない？」

不意に言われて、由紀江は思わず膝に視線を落とした。それに気がついたのか、ママは慌てて取り消した。

「ごめんなさい、詮索するつもりはなかったの。人にはいろんな事情があるものよね、今の忘れて」

「そういう時もありました」

「そう」

「もうずっと前のことです」

ママが黙って熱燗をつぐ。

「あの頃は、何をしても叱られてばかりでした。料理を作っても、無駄になることが多くて。私、愚図だから用意するのが遅くて、食卓に並べた時にはもう外に食べに出て行ってしまわれたこともあります」

ママの頬にわずかに翳が落ちた。

「もう一本つけましょうか」

「はい」

由紀江はカウンターから厨房に入り、燗をした。

「相性ってあるから」

ママの声が聞こえてくる。

「由紀江ちゃんはさっき自分を愚図って言ったけど、そんなふうに思う人ばかりじゃないわ。少なくとも、私やうちのお客さんたちはそう思ってないわ。由紀江ちゃんの人よりゆったり時間が過ぎてゆくような感じが心に沁みる人もたくさんいるのよ」

由紀江は黙った。

「聞こえてる?」

「はい」

ガスレンジの前で由紀江は俯いたままでいた。そんな言葉をかけられたのは初めてで、どう答えていいのかわからず、ぼんやりとガスの青い炎を見つめていた。

小さい時から、愚図と言われてきた。

何をやっても人より時間がかかり、急いでやれば、必ず失敗した。給食も、テストの答案用紙を出すのも、家庭科の課題や図画の作品も、時間内に間に合わず、気がつくといつもひとりで教室に残っていた。

田舎で手広く商売をしていた家はそれなりに裕福だったし、ふたりいる兄たちも優秀だった。両親にしたら、なぜ由紀江は、という思いが拭えなかったのだろう。特に母親はひどくこだわった。一度、病院に連れて行かれたのを覚えている。小学校に入る前のことだ。知能が遅れているのではないか、このままでは特殊学級に入れられるのではないか、と密かに悩んでいたらしい。いろんな検査が行われたが、結局は「個人差」ということで終わった。母は心底ホッとしたようだった。

けれども、だからと言って愚図が直るわけでもなく、むしろ、学校に入って利発な子たちに囲まれるようになると、由紀江の愚図はいっそう際立つようになった。母のホッとした思いは、すぐに苛立ちに変わって行った。

この子は愚図だから。

何かあるごとに、母はそれを口にした。由紀江に対して、家族に対して、他人に対して、そして自分自身に対して。そうしなければ、母親が娘に抱く夢を封じ込められなかったのだろう。

それは名前より多く呼ばれたに違いない。その呼び名は由紀江を傷つけたが、それ以上に、人を苛立たせずにはいられない自分の存在というものを思い知らされた。

曲がりなりにも地元の短大を卒業し、父親のコネで地方銀行に就職したが、一年ももたなかった。窓口に座ればカウンターに長い列ができ、事務方をやれば伝票はたまる一方で、機械の扱い方も遅かった。間違えたことはめったにないが、何しろ時間がかかり過ぎて、社員としては役立たずだった。上司や先輩、同僚から呆れられ、露骨に邪険に扱われた。

結局一年で辞めて家にこもり、花嫁修業という名目の家事手伝いをした。料理はその頃に覚えた。

じきに見合い話が持ち込まれるようになり、二十四歳で結婚した。

出会った頃、夫は優しかった。由紀江が支度にまごついたり、メニューをなかなか決められずにいても「お嬢さんなんだから仕方がないさ」と、にこにこ笑っていた。それは、今まで誰にも見せられたことのなかった優しさで、由紀江はすぐに好意を持った。

結婚生活が楽しかったのは一年ほどだ。夫はやがて苛々しはじめるようになった。

「スカをつかまされた」

夫はよくそう言って、うんざりした顔をした。

掃除も洗濯も買物も料理も、自分では一生懸命やっているつもりなのだが、夫には愚鈍に映るらしかった。特に、同居する姑は不満でならず、夫が帰るたびに、それを愚痴った。夫は、由紀江と向き合うのではなく、いつも姑の方を向いていた。

しばらくして姑から「家でもたもたしてるくらいなら、働きに出てくれた方がマシ」と、言われた。まだ姑は六十歳にもなってなくて、由紀江の愚図を毎日まのあたりにするのが目障りで仕方なかったのだろう。

結局、家事は姑に任せ、由紀江は近くの電器部品工場にパートに出るようになった。単純な作業だが、そこでもやはり、由紀江はただの愚図だった。同じ時給では不公平だと、同じパート仲間から面と向かって言われたこともある。あんた、どっかネジが弛んでるんじゃないの、と経理の課長から言われたこともある。由紀江はそこでも孤立するしかなかった。

高士とはそこで出会った。

五歳年下の高士は、高校を出てから由紀江のパート先の会社に就職していた。独学で電気工事士の資格を取ったにもかかわらず、四年勤めた時に、大卒で入ってきた新入社員より基本給が安いことを知って、会社への不満を募らせるようになっていた。

高士が会社から受ける不条理は、パート仲間たちから疎外される由紀江と重なり合う部分があったのかもしれない。

昼休み、社員やパートたちが集まる食堂はどうにも居心地が悪く、由紀江はいつも弁当を持って工場の裏に回り、ひとりで食べるのが習慣になっていた。その日、そこに先客がいた。それが高士だった。

「いいだろ、俺もここで食って」

それからひっそりと、ふたりは会うようになった。

しばらくして、高士に言われた。

「俺、ここを辞める」

「辞めて、どうするの？」

「東京に行く」

「東京に行って、どうするの？」

「まだ、わからないけど、どうにかなるさ。こんなところで頑張ったって、安くコキ使われるだけだもんな」

由紀江は黙った。自分が口にすべき言葉を見つけられなかった。答えを出すということは、由紀江のいちばん苦手とすることだった。

「来るか？」

と、高士は言った。ほっとした。答えはちゃんと高士が持っていた。

「ええ」

と、由紀江は頷いていた。

夫の元を飛び出したことを後悔したことは一度もない。自分は確かに愚図だが、心というものはちゃんとある。誰かを好きになることも、無茶をすることも、情熱にかられることもある。

東京に出て、しばらく安いビジネスホテルに泊まり、仕事とアパートを探した。

電気工事士の資格を持っているからといっても、働き先はそううまくは見つからなかった。何軒も断られ、ようやく決まったのは、日雇いに毛が生えたような仕事だった。

東京での生活は不安定だったが、不安は感じられなかった。高士と抱き合ってしまえば、昨日のことも明日のことも忘れられた。

職を転々としながら一年ほどが過ぎた。

由紀江もまた、弁当屋やクリーニング屋やコンビニなどで働いたが、ひと月して給料を渡されると、たいがい「明日から来なくていい」と言われた。

高士は少しずつ変わり始めていた。酒に頼り、パチンコや麻雀に興ずるようになっていた。明け方まで帰らない日があったり、明け方を過ぎても帰らない日もあった。果実が底の方から少しずつ黒ずんでゆくように、高士はゆっくりと腐っていった。

由紀江は水商売を始めた。座っているだけでいい、というのは本当ではなかったが、嘘でもなかった。最低の時給は受け取れた。

初めて、高士に殴られたのは、いつだったろう。

翌日、顔がはれあがって、外にも出られなかった。そんな由紀江に高士は何度も謝り、泣きながら抱き締めた。

それ以来、高士は顔を殴らなくなった。もちろん顔だけだ。由紀江が仕事に行けなくなる、ということもあるだろうが、それよりも高士自身、翌日に自分のしたことと直面するのを避けるためのように思えた。身体にできた内出血の痕は、服を着てしまえばなかったことにできる。そうして、それは由紀江も同じだった。鏡に映る顔さえまともなら、恐い夢にうなされただけ、と思えた。

たとえどんなに殴られても、見捨てられるよりましだった。身体が痛もうとも、関節が妙な音をたてようとも、無視されるより、背を向けられるより救われた。

殴った翌日、高士は優しい。目が覚めると悪戯が見つかった子犬のように狼狽《うろた》えて、由紀江のためにインスタントコーヒーをいれたり、布団を上げたりした。由紀江はいつもそれを微笑《ほほえ》ましく眺めた。時には甘やかなキスをし、カーテンを閉めて部屋を暗くし、身体中を舐め回した。殴られる時はいつも、明日になれば、と考える。明日になれば優しい高士に会える。これはきっと、その約束のための指切りのようなものなのだ。

ビルとビルの間に、熟《う》れた枇杷《びわ》のような月が出ていた。

今夜も六時の開店と同時に、金田が顔を覗かせた。

「いらっしゃいませ」

いつものようにこめかみの辺りに手を上げて、スツールに腰を下ろす。

「ビールでよろしいですか」

「うん」

機械の音がひゅうひゅうと雑音を混じらせている。由紀江はグラスを出し、ビールを注いだ。

「今日は酢締めの鰯《いわし》と、牡蠣《かき》と豆腐の煮込みがあります」

「いいね、両方とももらおうかな」

と、金田はいつものように目を細めたが、どこかしらぼんやりと頼りなげな表情が垣間見えた。

由紀江は小鉢をふたつ、金田の前に置いた。

「どうかなさったんですか？」

金田が瞬きを繰り返しながら、由紀江を見上げた。

「うん？」

「何だか少し、お疲れになってるみたいです」

金田は目の周りにくしゃくしゃと皺を寄せた。

「実は今日、娘の十三回忌でね」

金田があまり何気なく言ったので、聞き違えたかと思った。

「娘と言っても、九歳の時に別れてから、一度も会ったことはないんだけどね。死んだっていうのも、ずっと後から聞かされたんだ」

由紀江はカウンターの中で立ち尽くした。

「私、何て言っていいのか」

「いいの、いいの、由紀江ちゃんが気を遣うことないの」

「娘さんがいらしたなんて、ぜんぜん知らなくて」

「話すのも、初めてだからね」

「いいんですか、私なんかに話して」

「今夜くらい、誰かに聞いてもらってもいいかなと思ってね。由紀江ちゃんが迷惑でなければだけど」

「もちろんです」

金田は嬉しそうに首を少し前に突き出し、うんうんと頷いた。

「名前は広海っていうんだ。広い海って書いて広海。なかなかいい名だろ。男が生まれてもそれをつけるつもりで用意してたんだ。広海が生まれた時は嬉しかったけど、何て言うか、女房や子供にそうそう目がいかない時期でね。とにかく仕事が面白くて仕方なかった頃だったからね。その世界でいっぱしの男になってやろうと必死だったんだ。いや、仕事だけじゃないな、女も作ったりしたからな。だから、少し言い訳っぽいとこもあるけど、とにかく家のことなんか放《ほ》っぽらかしだった。ある日、半月ぶりで家に帰ったらもぬけの殻だった。実家に帰ったのは別に初めてのことじゃなかったから、いつものように連れ戻そうとしたんだけれど、その時ばかりは頑として聞き入れないんだ。もう二度と帰らないって言うんだよ。僕もナメてたんだろうな、勝手にしろって帰ってきた。それからしばらく放ったままにしておいた。一年ぐらいたった頃、女房の父親から手紙が来てね、娘と孫は引き取りますって。だから籍を抜いてくれって。それで慌てて迎えに行ったんだけど、門前払いをくわされた。びっくりしたよ、女房が、亭主の僕がいなくても生きていけるような女だったなんてね」

あまり長く話すとつらいのか、金田は手にしていた器械を喉から離し、ビールを飲んだ。由紀江は減った分だけ注ぎ足した。

「何だかね、その時はひとりになって、さっぱりしたような、でも、どこか気が抜けたような、そんな気分だったな。それから、仕事にのめり込んだね。もう背負うものは何もないんだから、思う存分なことをしてやろうと思ってさ。いい目にもあったし、憂き目にもあった。とにかく頑張った。おかげで、何とかその世界では名が通るようになった。そりゃあ嬉しかったさ、どんなもんだって気分だったよ。でもね、今にして思えば、それは出て行った女房と娘に認めてもらいたいがためだったように思うよ。僕は僕なりに男として頑張ったんだってことをね。身勝手なことを言うようだけれど、娘も年をとって、いろんな男を見るだろう、そうしたらいつか父親の生き方ってものも理解してくれるんじゃないか、なんて思ってたわけだ。やっぱりおとうさんはすごいんだ、みたいにさ。なのに、娘が先に逝っちゃったからね。一度も会わないままだからね。何だかね、あの時は足元が掬《すく》われちゃったような気になったな」

器械ががさがさと音をたてた。金田のため息だった。

「で、まあそれがきっかけってわけでもないんだけど、そろそろ潮時かなって退くことにしたんだ。僕の商売は、気が抜けたらおしまいだからね」

それから顔を上げ、つまんない話をしちゃったな、と、顔を皺だらけにして笑った。

「ウイスキーに変えますか？」

掛ける言葉が見つからなくて、由紀江は言った。

「いや、今夜はよしとくよ。実は、明日からちょっと旅に出るんだ」

金田がポケットに手を入れた。

「そうなんですか、どちらへ？」

「うまい飯が食えて、ゆっくり眠れて、きれいな女の子がたくさんいる所」

精算を終えて、金田がスツールから下りた。由紀江はドアの外まで見送りに出た。踊り場から見えていた枇杷色の月が、ビルに半分隠れていた。

由紀江はエレベーターのボタンを押した。

「金田さん、娘さんのこと話してくれて嬉しかったです」

「死んだ時、ちょうど由紀江ちゃんと同じくらいの年格好だったんだ」

エレベーターのドアが開いた。金田が乗り込んでゆく。

「じゃあ、お気をつけて」

「うん」

「旅からお帰りになるの、待ってますから」

金田は片手を上げた。ドアがゆっくりと閉まった。

それからひと月ほどが過ぎた。

客のひとりから、定年退職を迎えたと聞かされて、ママは店中の客にシャンパンを振る舞い、何度も乾杯をした。由紀江がこの店に来て以来初めてカラオケに電源が入り、デュエットもさせられた。

後片付けに手間取って、いつもより遅くなり、由紀江は必死にペダルをこいで帰り道を急いだ。自転車のカゴには大振りの梨が二個入っている。帰りぎわ、ママが持たせてくれたものだった。それが跳ねて時々カゴから飛び出しそうになる。

梨は高士の好物だ。この間もマーケットで買ってきた。それは四個で六百五十円だったが、今夜の梨は一個でそれくらいの値段のするものだ。

十分や二十分の遅れがあっても、大して変わりがあるわけではない。高士が帰っているかもわからない。それでも、自転車で走りだした瞬間から、大切な約束に遅れてしまいそうな焦った気持ちになった。

鍵を差し込んで、そうっとドアを開けた。たたきに高士の靴が放り出されていた。それを揃えて、部屋に上がった。

「帰ったのか」

すぐに奥の部屋から声があった。めずらしく起きて待っててくれたようだ。それに、酔っていない。由紀江はひどく嬉しくなって、襖を開けた。

「うん、ただいま」

由紀江はいつものように高士の顔を覗き込んだ。

「ごめんね、今日、忙しかったの」

「別にいいさ」

高士は起きて、布団の上に座った。

「梨があるの、すぐ剝いてあげるね」

由紀江は立ち上がって隣の部屋に出た。

「俺、明日、ここを出るから」

唐突に高士が言い、その言葉に由紀江は振り返った。

すぐには意味がわからず、聞き返した。

「え？　ここ、引っ越すの？」

高士は呆れたように息を吐き出した。

「相変わらず間抜けなことを言う奴だな。出てゆくのは俺ひとりだよ」

由紀江はますますわからなくなる。

「どうして？」

「決まってるだろ、もうこんな生活はうんざりだからさ。由紀江だってそうだろ。このまま俺といたって駄目になってゆくばかりだろ。もう、やめよう。おまえは田舎に帰れよ」

「待って、そんなことない。やっとお店の仕事も慣れたし、田舎になんか帰りたくない。私、高ちゃんのこと好きだもの、ずっとずっと一緒にいたい」

高士は苛々したように付け加えた。

「由紀江といると、俺が駄目になるんだよ」

そう言って、布団の中に潜り込んでしまった。

由紀江はしばらく黙った。そうして、ずっと感じていたけれど、ずっと感じてないことにしていたことを尋ねた。

「高ちゃん、もしかして他に好きな人がいるの？」

「ああ」

面倒そうに高士は答えた。

「ここを出て、その人と暮らすの？」

「そうだよ」

次の言葉を見つけられなかった。答えはいつも高士が持っていた。

「それでもうわかっただろ。俺、寝るから。襖、閉めろよ、まぶしいだろ」

「うん」

隣の部屋に行き、後ろ手で襖を閉めて、由紀江はその場に座り込んだ。

高士がいなくなる。私の前から消えてしまう。

そのことを由紀江はうまく想像できなかった。頭の一部が麻痺しているような、拒否しているような、あわあわとしたものが後から後から湧いてきて、考えることに集中しようとするのだが、すぐに取り散らかってしまう。

何とかしなければ、と、焦る気持ちはある。そうして、焦れば大抵のことを失敗したことも思い出される。

教室にひとり残って冷えた給食を食べている自分、プリントに答えを書き込んでいる自分。一時間で縫えなかった雑巾。描ききれなかった静物画。露骨に嘲笑う級友たち。冷ややかにため息をつく母。呆れる父。無関心の兄たち。由紀江の手からあっさりと伝票を取り上げた会社の人たち。ネジが弛んでると馬鹿にした経理の課長。スカを摑まされたと嘆いたかつての夫。

しばらくして、足元に梨が転がっているのに気がついた。由紀江はそれを手にした。水分を含んで手のひらにずっしりと重い。すっかり忘れていた。これを食べさせればよかったのだ。好きな梨を食べたら、高士もきっとそんな意地悪を言ったことを後悔する。

由紀江は台所から包丁を持ってくると、襖を開けた。

「高ちゃん、梨よ。食べるでしょう、好きだものね」

枕元に座り、包丁で皮を剝き始めた。指の間に、甘い汁がたれてゆく。

「ねえ、高ちゃん、梨だってば」

高士は背を向けたまま動かない。寝てしまったのか、寝たふりを決め込んでいるのか。

「ほら、梨」

由紀江は包丁を持った手をゆっくりと振り上げた。

翌日、いつもより一時間も早く、アパートを出た。

途中でマーケットに寄り、今夜のつまみの蓮根の梅肉和えと、蕪の甘酢漬けの材料を揃え、それから日持ちするいくつかの料理の分も選んだ。サイズ違いのラップも買った。ハンドルにはいつもよりたくさんの買物と、小さなボストンバッグもぶら下がっているので、バランスがうまくとれず、よろよろした。

エレベーターを降りると、踊り場から見えるビルとビルの空間がすでに夕陽に赤く色付き始めていて、由紀江は嬉しくなった。

店に入って、まずは料理の下ごしらえをした。それからトイレと床の掃除をし、カウンターとテーブルを拭いた。いつもより念入りに磨いた。ビールの本数を確認していると、開店時間の六時になった。

結局、看板までに十二人の客があった。いつもの馴染みの客たちだった。

後片付けを終えると、由紀江は奥のソファに座って伝票をめくっていたママの前に立った。

「すみません、明日からお店に来れなくなりました」

ママが驚いた表情で由紀江を見上げた。

「どうしたの」

「すみません」

「すみませんじゃわからないわ、何があったの？」

由紀江は黙ったままうなだれた。

「そんなこと急に言われても困るわ。由紀江ちゃんのこと頼りにしてるのに、明日からなんて、そんな……」

そこまで言ってから、ママはしばらく黙り込んだ。

「よほどの事情があるのね」

また少し、ママは何も言わなかった。

「由紀江ちゃんが、我儘でそんなこと言い出すはずがないもの。そう、もうここに来られないような何かがあったってことなのね。わかったわ。引き止めたりしないわ。そんなことできるはずがないもの。短い間だったけど、ありがとう。由紀江ちゃんが来てくれたおかげで、この店も最後の華を飾れたわ」

「お店、閉めるんですか」

由紀江は思わず顔を上げた。

「気にすることはないのよ。もともとやめるつもりだったんだもの。それが由紀江ちゃんが来てくれたものだから、半年も命が延びちゃって」

「すみません」

「だから、謝らなくてもいいのよ。お礼を言うのは私の方。あら、ちょっと待ってね、今月分のお給料、すぐに精算するから」

「勝手に辞めるんですから、それはいいんです」

「何を言ってるの、いいわけないじゃない。受け取って貰わなければ、私が困るわ」

ママはレジに行き、入っていた万札を数えもせずにすべて手にし、それから自分の財布も開いて札を全部抜き出すと、カウンターにあった紙ナフキンで手早く包んだ。

「これ、持って行って」

包みを由紀江の手に押し込んだ。

「こんなに頂けません」

どう考えても、もらうべき金額の三倍はある。

「いいのよ、お礼の気持ちなんだから。受け取ってちょうだい。お金はあって困るものじゃないって言うでしょう」

由紀江は手の中の包みを握り締めた。

「すみません。ありがたくちょうだいします」

「すぐ行くの？」

「はい」

「そう、じゃあドアのところまで見送るわ」

由紀江はアパートから持ってきた小さなボストンバッグをカウンターの下から引っ張りだした。

「最後に金田さんにお会いできなかったのが心残りなんです。どうか、ママからくれぐれもよろしく伝えてください。このお店に私を紹介してくれたことを感謝してるって」

ママの眉間の辺りがわずかに曇った。

「金田さんのことだけど、あのね、みんなには黙ってて欲しいって言われてたんだけど、実は入院されたの」

由紀江は息を呑んだ。

「再発したのよ」

その夜はビジネスホテルに泊まり、夜を明かした。

朝になって、金田が入院している病院に向かった。病室の白いベッドに、金田は横たわっていた。ベッド脇に点滴の袋がぶら下げられて、伸びたチューブが金田の腕に差し込まれていた。白く乾いた皮膚は、ところどころにシミが浮いていたが、とても清潔な感じがした。ブラインドの隙間からは深まった秋の陽射しが緩やかに流れ込み、金田の横顔を柔らかく縁取っていた。廊下は患者や看護婦や来客の往来で、決して静かというわけではないのに、金田の周りだけは隔離されたような静寂に包まれていた。

由紀江はしばらく金田を見つめていた。

金田は規則正しく呼吸をしていて、いつか由紀江も同じように呼吸していた。吸って吐いて、吸って吐いて。そんなふうにしていると、自分が金田の一部になってゆくような気がした。

金田が薄く目を開けた。

ああ、と声にならない声で言った。金田がいつも首からぶら下げているあの器械はない。

由紀江は身体を屈めて、金田に顔を近付けた。

「こんにちは」

金田がほほ笑む。力はないが、ひどく喜んでくれているのがわかる。金田が口を動かした。細い隙間を風が吹き抜けるような、声にもならない頼りない息遣いがあった。けれども、由紀江はその時、金田の唇がある名を呼んだことに気がついた。

「ひ、ろ、み」

金田の死んだ娘の名前だ。

どうやら、曖昧な意識の中で金田は由紀江を娘と思い込んでいるようなのだった。

「私は」

言い掛けて、由紀江は言葉を飲み込み、言い換えた。

「おとうさん」

金田がわずかに頷いた。

「おとうさん、広海です。大丈夫ですか」

ご、め、ん、な。

由紀江は床に膝をつき、点滴が差し込まれ、細く血管が浮く金田の手を握った。

「いいのよ、おとうさん、謝ったりしないで。私、わかってるから。おとうさんがおとうさんなりにものすごく頑張ったってこと、ちゃんと知ってるから。私とおかあさんと別れてから、すごく寂しがってくれてたことも、いつもいつも私のことを気にしてくれてたってことも、みんなわかってるから。私、恨んだりしてないから、憎んだりしてないから」

金田の目尻から細く涙が流れ落ちた。

「おとうさん、本当に頑張ったね、えらかったね。私、おとうさんのことずっと自慢だったのよ」

病院を出ると、真正面に太陽があり、一瞬、何も見えなくなった。

由紀江は足を止め、手をかざして、風景が視野に戻ってくるのを待った。

それから、どこへ行けばいいのだろうと考えた。

愚図な自分は、いつも考え始めると、頭の中の同じ所を何度も行ったり来たりして、そうしているうちに、ひとり残されてしまう。

とにかく、この道をまっすぐ歩いて行こうと思った。駅に着けば電車に乗ればいい。バスが来ればそれでもいい。気が向けば降りて、また歩けばいい。どこに行こうと決めさえしなければ、それはどこにでも行けるということだ。考えるのは、どこにも行けなくなってからにすればいい。

由紀江はゆっくりと歩き始めた。

初出誌

道連れの犬　「別冊文藝春秋」２００２年１月号
不運な女神　「別冊文藝春秋」２００２年３月号
凪の情景　「オール讀物」２００２年４月号
枇杷　「別冊文藝春秋」２００２年９月号
ドール・ハウス　「別冊文藝春秋」２００３年１月号
桜舞　「オール讀物」２００３年２月号
帰省　「別冊文藝春秋」２００３年５月号
彼方より遠く　「オール讀物」２００１年10月号

**唯川　恵（ゆいかわ・けい）**
1955年石川県金沢市生まれ。金沢女子短期大学卒業。銀行のＯＬ等を経て、84年「海色の午後」で第３回コバルト・ノベル大賞を受賞し、作家デビュー。少女小説から次第に活躍の場を一般文芸に移していくが、女性たちの心に寄り添う恋愛小説、エッセイは多くの読者の共感を得ている。2002年『肩ごしの恋人』で第126回直木賞受賞。著書に『ベター・ハーフ』『ため息の時間』『燃えつきるまで』『今夜 誰のとなりで眠る』『永遠の途中』『100万回の言い訳』などがある。

# 不運《ふうん》な女神《めがみ》

発行日　2004年３月1日〔第１刷〕

著　者　唯川《ゆいかわ》　恵《けい》
発行者　寺田英視

発行所　株式会社文藝春秋
〒102-8008　東京都千代田区紀尾井町3-23　電話（03）3265-1211

印　刷　凸版印刷
製　本　中島製本

定価はカバーに表示してあります。
万一、落丁、乱丁の場合は送料当方負担でお取替えいたします。
小社営業部宛お送りください。


ISBN4－16－322660－5